国家古籍整理出版专项经费资助项目

○闲雅小品丛书○

主编 曹亚瑟

吾心似秋月
——禅语小品赏读

南北 李艳敏 注评

中州古籍出版社
·郑州·

图书在版编目(CIP)数据

吾心似秋月：禅语小品赏读 / 南北，李艳敏注评 . —郑州：中州古籍出版社，2018. 1（2023. 10重印）
（闲雅小品丛书）
ISBN 978-7-5348-7441-3

Ⅰ . ①吾… Ⅱ . ①南… ②李… Ⅲ . ①小品文 – 作品集 – 中国 – 古代 Ⅳ . ① I262

中国版本图书馆 CIP 数据核字（2017）第 269448 号

WU XIN SI QIUYUE : CHANYU XIAOPIN SHANGDU

吾心似秋月：禅语小品赏读

丛书策划　梁瑞霞
责任编辑　张　雯
责任校对　何慧婷
装帧设计　知耕书房

出 版 社	中州古籍出版社（地址：郑州市郑东新区祥盛街 27 号 6 层邮编：450016　电话：0371-65723280）
发行单位	河南省新华书店发行集团有限公司
承印单位	河南大美印刷有限公司
开　　本	890 mm × 1240 mm　A5
印　　张	7.75
字　　数	160 千字
版　　次	2018 年 1 月第 1 版
印　　次	2023 年 10 月第 3 次印刷
定　　价	26.00 元

本书如有印装质量问题，请联系出版社调换。

前言

　　胡兰成撰《禅是一枝花》,走的是一条绕行的取巧路线。这本解读《碧岩录》的书,初名《碧岩录新语》,但在大陆出版简体版时,改成了现名。这本书近年颇为流行,甚至超过了胡兰成的其他书。这里面的缘故,我觉得最主要的,还是缘于人们对于禅文化以及禅门公案本身的兴趣。禅是中国传统文化中唯一可以与欧美文化等西方文化相融不悖的思想体系,并且在文学艺术等领域,更是犹如山泉溪水,常流常新,给欧美思想文化界输入了一股清新的东方之风,而且绝无过时过气之忧。再者,《碧岩录》中的百则公案,皆是从浩如烟海的各种灯录中拣选出来的,又有雪窦重显、圜悟克勤等诸多大德善知识的评颂提倡,自是格局宏伟,气象不俗。依此,《碧岩录》也就素有"宗门第一书"的美誉。胡兰成解读此

"第一书"，无论解读文字本身如何，都已经占了一个很大的先机。但这样的先机，也给胡兰成设置了一道长长的无法逾越的堤防障碍，让他不能继续沿着《碧岩录》中的敷衍路线继续踢踏。要想有所传达，就只好另辟蹊径了。这就是我们现在看到的《禅是一枝花》的样子，用台湾作家薛仁明的话说，就是"满书的哥哥姐姐"，"杜撰"并且"胡诌"。不过，胡兰成虽然"真真假假"，但却又"信手拈来、天花乱坠"得"一片风日洒然、笑语晏晏"，甚至是"神完气足"。在这里，我也不能不为胡兰成的这份才情和机智而动容。

老实说，对于胡兰成的书，我除了这本《禅是一枝花》外，其他的一本没读过。不是他写得好不好的问题，而是我有一个毛病，就是但凡流行起来大家趋之若鹜的东西，我就会条件反射似的悄然避开。前些年，大概是因了张爱玲在大陆的热闹流行，出版商受了人们无聊以及窥私癖的蛊惑，连带着把胡兰成的一些书也给热炒了起来。之前在读者视野中几不存在的《今生今世》《山河岁月》《禅是一枝花》《今日何日兮》等，也就蜂拥着摆上了各大书店的显目位置。

我读他的这本敷衍之作，也是缘于一个偶然因素。去年某日，我在大理古城的洋人街闲逛，看到路边一家书店，就步入看看。胡兰成的这本书，摆在一个角落里，倒是安静。我就抽出来看，见他自序中有几句话甚是有理，就买了。胡兰成在自序中说："胡适写中古中国哲学史，着重在禅，这是他的过人的见识。胡适不懂得禅的公案，但他对禅僧的历史的考证，则极是有益。"又说："我们不可因为禅的典故有些不实，就来贬低禅的思想。"这些，我更是很赞同的。胡适对于禅宗历史的考据，在20世纪上半叶，文章一出，就惊天动地，一下颠覆了人们对于佛教特别是禅宗很多神圣传说的认知，也惹得当时的一些老和尚强烈反对，视胡适为妖孽，诅咒他下阿鼻地狱。但胡适没有下阿鼻地狱，还是教书写文章，活得好好的。可见他没有打妄语说假话，更无攻击贬毁古人的恶意。他的考据文章，有理有据，不是几声咒骂就可以打倒的。我一向敬重胡适先生，不但做学问认真，而且做人也不含糊。即便后来到了台湾，也并不仰当权者的鼻息而生活，依然是我行我素，保持着一个书生的正直秉性和气质，该说什么就还是毫不回避。

我读胡适也少。我既不是胡粉，也不是他的研究者，所读他的，还是有关禅宗考据方面的几种。而从他的考据文章中，我更加坚定了一个看法：禅宗虽具宗教的形式，但在思想体系上，则是非宗教的。世界上的所有宗教，都有一个共同点，就是权威和偶像崇拜，要求信众无条件听从和驯服。唯禅宗例外。禅宗的历代大德们所要死力反对的，正是那些看似神圣不可侵犯的权威和偶像，将其视为悟道路上的障碍和魔障。他们反对的声音，就发自那一则则令人惊诧和心灵震撼的公案。

公案，是禅宗外借的一个概念，其本意是指官吏审理案件时所用的几案。后来泛指情节离奇或令人疑惑难解的案件。禅门借此世人耳熟能详的概念，来传达禅宗的旨趣思想，可谓智慧。

众所周知，禅宗是大乘佛教中的一个分支，源头都是佛祖释迦牟尼。但是，禅宗的源头虽然在佛祖那里，而且在《五灯会元》等灯录中，还煞有介事地罗列了"七佛二十八祖"的强大阵容，但读了胡适的考证，也就知道，那也不过是禅宗门徒们扯的丝瓜秧子而已。实际上，中国禅宗的发生、发展，以至成为中国大乘佛教的主流，并不是无源之水，而是有其自身的充分理由。这个理由就是来自印度的佛教思想，只有与中国的儒、道文化相结合后，才能真正地落地生根，才能深入到国人生活的各种层面，成为中华文化的有机组成部分，成为一脉新鲜的血液。所以，中国禅宗，在理论上说是中国佛教的一个组成部分，但却又挣脱了其原来的思想框架，建立起了一个全新的理论体系。这个全新的理论体系，其具体的表现形式，就是一则则鲜活的禅宗公案。

在胡适的考证中，《六祖坛经》是被质疑最多的部分。特别是《六祖坛经》中以自述方式所记关于惠能和尚的故事，生动传奇却又经不起推敲，连记述和整理这本"中国佛教唯一被称为经"的著作的作者，也都经不起商榷，难有个定论。《六祖坛经》不像《道德经》。《道德经》不管到底是不是老子本人亲著，但起码没有被不断增补和反复窜改的痕迹，而《六祖坛经》则不然。我们现在读到的文本，是明代改定刊行的。敦煌所藏的"唐本"，与现在我们读到的"明本"相比，字数由六千来字增加到了一万二千多字，多了一半。当然的，里面的故事情节，也被发展了许多。所以，与其说这是一本严肃神圣的经典，倒不如说是一部演义性质的小说了。这情景，读了胡适先生的考据文章，就可一目了然，我这里就不饶舌了。但有一点，就是无论《六祖坛经》以及诸如《五灯会元》等灯录中的人物故事是否属实，但其中的道理，却是前人留给我们的一份思想宝藏和无价财富。

　　在我参读这些禅门公案的时候，还注意到一个有趣的现象，就是公案的形式和表述方式也并非一成不变。譬如唐代的公案与宋代的公案，就有很大不同。唐代的禅僧大气素朴，公案语言往往直截了当，不加粉饰。而宋代的禅门公案则平添了许多华丽和细腻之处，这大概与唐宋文学特别是诗歌的风格形式之演变是同步的。譬如唐代的禅师，在回答学僧的问题时，很少用诗词对仗这种方式，也极少引前人的诗句，但到了宋代的禅师那里，这情况就很普遍了，大和尚们往往是华丽的诗句脱口而出。不过，若以平常心而论，我知道这肯定不是当时的实际情况。但凡记述整理祖师语录或事迹的宗门后人，都是能提得动笔的居士或诗僧，诗词文章自不在话下，不然也不能成为各种灯录的编辑者或作者。所以，对于本门受崇敬的祖师，也就不吝粉饰，当是情理中事。当然，也不排除那些留下语录事迹的名僧大德里面，确有饱学之士，有出口成章的善诗之人。

对于诗歌与佛教的关系，研究论述者已经很多，我就不再多说。因为，佛教在释迦牟尼时代，传播的方式不是文字经卷，而是口耳相传。所以，朗朗上口、便于记忆就成为必要的选择，而诗歌这种有韵的体裁，被选中也就是必然的了。我们读唐宋时期翻译过来的佛经，还能感受到其中的诗歌韵味。而佛经里面的偈语，就更是与诗无别了。所以，唐代之后的禅门公案诗偈化，就也不足为怪了。

而宋之后，禅宗思想对社会各个层面的影响，主要转向了书、画、雕塑等艺术方面。这些方面的成就，今天我们还能一目了然地感受到。我曾为一家出版社撰写过《诗情画意总关禅》和《禅的诗书画》两本小书，就是择取历代的禅诗禅画进行品味解读。诗偈方面，以唐宋最多。而禅画方面，则以元、明、清最多。

禅宗思想在南宋时期，对中国思想界的影响是产生了"朱子理学"。朱熹是个诗人，也是对禅宗公案参究很深的大居士，悟性相当高。他将禅学与儒学糅合在一起，构成了他不同于北宋二程（程颢、程颐）的思想体系。现在我们来读一下朱熹的诗，很多时候就会以为是大居士苏东坡的句子。诗句里面有禅意更有哲理。虽然说教，但又不露痕迹。譬如他的《春日》：

> 胜日寻芳泗水滨，无边光景一时新。
> 等闲识得东风面，万紫千红总是春。

还有《观书有感》：

> 半亩方塘一鉴开，天光云影共徘徊。
> 问渠那得清如许？为有源头活水来。

在我们的传统文化中，一般都是"儒、释、道"这样的顺序排列。这里面，儒与道是中国这块土地上土生土长的思想文化，而释（佛教）则是外来的。有意思的是，这个外来的思想流派，与中国的儒家特别是道家思想结合形成中国禅宗后，就很快又向外输出。首先是日本、朝鲜、越南等中国周边的亚洲国家。而受影响最大的要数日本。故而有学者认为，禅宗是发芽在印度，生根、开花在中国，而结果却是在日本。

进入20世纪之后，禅学被传播到了欧美国家。特别是在美国，二战之后掀起了一波一波的禅学热。唐代诗僧寒山子等人的诗偈，也被翻译到了欧美，引发了那里的一场诗歌革命，产生了诸如加里·斯奈德、詹姆士·赖特、艾米·洛威尔、W. S. 默温、罗伯特·勃莱等现代禅诗人。当然，禅对于欧美的影响，远不仅仅是在文学、文化方面，在其他诸如哲学、医学和商业方面，也是不言而喻的。著名的商业巨头如乔布斯，就是禅的参悟者。但禅的影响最令人瞩目的，还是在心理学方面。禅疗，已经是治疗心理疾病的常选之法。这也符合佛教的规程，佛祖释迦牟尼，还有一个名号叫作"大医王"。

中国大陆也在20世纪末开始了各种禅宗灯录的出版和研究，以及禅宗公案的流行，形成了一个又一个的所谓"热潮"。但是，对于流行的东西，我认为都是不能长寿的。从佛的角度去观照，世界上没有永恒的事物。而流行是风，风又是最不能持久的。所以一个人若要安身立命，最不能为的，就是追风。因为追风的结果，就是当风消失时，追随者便被抛弃了。

我的佛缘，始于20世纪的90年代初。一个偶然机会，一位诗友带我去了一家佛教寺院吃斋饭，并得到一个法号叫作"元阳"。又是一个偶然机会，一个诗友到我家中做客，走时将一本小册子忘到了沙发上。这本小册子叫作《禅宗公案100篇》，里面所引公案，大多是日本禅宗方面的。这本小册子为我打开了一扇窗户，让我看到了世界的另外一面，也看到了人生可以选择的另外路径。特别是在诗歌的写作方面，对我的启发是革命性的。我当时正陷入各种现代主义悲观绝望的泥潭中不能自拔。禅，准确一点说是禅门的那些有着鲜活思想的公案，让我看到了蓝天白云，绿风香草。

我是这些依然生机盎然的中华宝贵财富的受

益者,禅宗及这些公案故事让我渐渐地抛弃了悲观厌世的沮丧,而将愉悦的微笑迎回了心头和脸上。这便是《六祖坛经》里面"不是幡动,不是风动,仁者心动"的一个现代注解。所有的困苦和烦恼,都由心生。心念一转,立即可以转魔成佛。

在禅的引领之下,我的诗歌写作走上了"现代禅诗探索"之路。或可慰藉的是,经过将近20年的努力,现代禅诗在中国大陆,已经成为一个有着明确方向性的诗歌流派,成为了中国现代诗歌中一条清新的溪流,给这个日渐浮躁和荒凉的诗歌园地,灌溉出了些许的新绿和希望。

也由此,我同样希望禅的种子能够散播到更多浮躁、迷茫、苦痛、沮丧甚至绝望的现代人心灵中,让在现实重压之下的有缘者的生命能够洞开一扇智慧之窗,迎来新鲜的空气,让沉沦日久的心能够重新升起如一枚朝阳。

南北

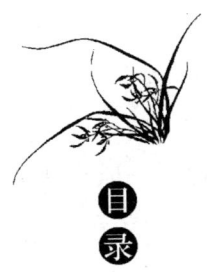

目录

卷一 拈花微笑

释普济	拈花微笑	3
	不问有言，不问无言	7
	持钵去	10
	迦叶不曾舞	12
	昨日定，今日不定	15
	十四无记	17
	也须问过	20
瞿汝稷	断臂安心	23
释普济	诸恶莫作，众善奉行	27
	快乐无忧，故名为佛	30
	佛性平等	35
	南宗北宗，都是禅宗	38
	白云散处	41
	有佛有魔	43
	破灶堕	45

法　海　惟求作佛 …………………………… 48
大慧宗杲　哪个是正眼 ……………………… 51

卷二　风吹幡动

法　海　仁者心动 …………………………… 57
　　　　诸佛妙理，非关文字 ………………… 61
　　　　不落阶级 …………………………… 64
　　　　南能北秀 …………………………… 66
圜悟克勤　好雪片片 ………………………… 68
释普济　婆子烧庵 …………………………… 71
圜悟克勤　麻三斤 …………………………… 74
　　　　　镜清啐啄 ………………………… 77
　　　　　日日是好日 ……………………… 79
晦岩智昭　巴陵三句 ………………………… 81
圜悟克勤　一指头禅 ………………………… 83
　　　　　某甲不会 ………………………… 86
　　　　　张拙有无 ………………………… 89
释慧然　临济四喝 …………………………… 92

卷三　向上一路

圜悟克勤　向上一路，千圣不传 …………… 97
瞿汝稷　不是诗人莫献诗 …………………… 100
释普济　寻思去 ……………………………… 102
　　　　老婆心切 …………………………… 105

	临济栽松	109
	野狐禅	111
赜藏主	磨砖成镜	114
	一口吸尽西江水	117
	即心是佛	119
释普济	衣荷食松	121
	梅子熟也	124
	还我核子来	126
赜藏主	适来哭，如今笑	128
	超师之见	130
	斩草伐木	132
	巍巍堂堂	135
	掩耳而去	138
	临济普化	140
	三圣瞎驴	143
释普济	我子天然	145

卷四 丹霞烧佛

释普济	丹霞烧佛	151
	南泉斩猫	154
	苍天苍天	156
	路遇翁童	158
	丹霞卧桥	160
圜悟克勤	吃了么	162
释普济	随处住山去	164
	石上栽花	167

	枯荣都从他 ……………………	169
	月下披云啸一声 ………………	172
瞿汝稷	文忠膝屈 ………………………	175
释普济	智常锄蛇 ………………………	178
	智常圆相 ………………………	181
	芥子纳须弥 ……………………	183

卷五　庭前柏树子

释普济	香严击竹 ………………………	189
瞿汝稷	行者唾佛 ………………………	191
释普济	婆子点心 ………………………	194
	德山焚稿 ………………………	197
	德山挟复子 ……………………	200
	呵佛骂祖 ………………………	202
释慧然	逢着便杀 ………………………	206
	佛法无用功处 …………………	208
释守坚	一棒打杀 ………………………	210
释普济	闲名在世 ………………………	212
	佛是甚么义 ……………………	215
瞿汝稷	吃茶去 …………………………	217
	狗子佛性 ………………………	220
	庭前柏树子 ……………………	223
圜悟克勤	一切声是佛声 …………………	226

卷一

拈花微笑

拈花微笑 释普济①

世尊②在灵山③会上,拈花示众,是时众皆默然,唯迦叶尊者④破颜微笑。世尊云:"吾有正法眼藏⑤,涅槃妙心,实相无相,微妙法门,不立文字,教外别传,付嘱摩诃迦叶。"

《五灯会元》⑥卷一

【注释】

①释普济(1179~1253):俗姓张,号大川,四明奉化(今浙江宁波奉化)人。初习儒,喜读佛书。十九岁从香林院文宪出家受戒,勤修戒律。旋赴赤城习天台宗,感到非超脱生死之捷径,乃往天童随无用禅师习禅,从此一意打坐,足不出僧堂,深得无用器重,命其主管经藏。后入玉几,佛照禅师知其为法器,命其往谒浙翁如琰,参究禅法。其后又历参松源崇岳、肯堂彦充、息庵道渊等,并巡礼列祖之塔。旋又随如琰移住四明天童山。嘉定十年(1217)住持妙胜禅院。寻又历住岳林大中寺、大慈报国寺、临安净慈光孝寺,最后住景德灵隐寺。居二年,撰《五灯会元》二十卷。临终时诫厚葬,命遗骨投江。宝祐元年(1253)示寂,世寿七十五岁。著作尚有《大川普济禅师语录》一卷行世。

②世尊:这里指释迦牟尼佛。隋代庐山圣人慧远撰《无量寿经义疏》有云:"佛备众德,为世钦仰,故号世尊。"据相关佛经记载,释迦牟尼名悉达多,姓乔达摩,出生于古印度的迦毗罗卫城

(约在今印度、尼泊尔边境地区),大约生活在公元前566至前486年。乔达摩出身于刹帝利种姓,是迦毗罗卫国净饭王的太子。少年时代接受婆罗门教的传统教育,学习吠陀经典等。他自幼善射骑,博学多艺。29岁离家,到处寻师访友,探索人生解脱之门。35岁悟道后创立佛教僧团,成为佛教创教之祖,又称释迦文尼、释迦牟囊、释迦文等。后世又称其世尊、释尊。

③灵山:即灵鹫山,位于中印度摩羯陀国首都王舍城之东北侧,释迦牟尼佛曾在上面居住、说法五十余年。

④迦叶尊者:亦称摩诃迦叶,佛陀十大弟子之首,号"头陀第一"。佛陀寂灭后发起组织第一次佛教三藏经典的结集法会。因有灵山会上"佛陀拈花,迦叶微笑"的公案流传,中国禅宗把摩诃迦叶列为"西天第一代祖师"。

⑤正法眼藏:佛教禅宗语,指全部佛法(正法)。朗照宇宙曰"眼",包含万有曰"藏"。相传释迦牟尼在灵山法会上以"正法眼藏"嘱咐摩诃迦叶,是为禅宗肇始。

⑥《五灯会元》:合"五灯"为一部,故称《五灯会元》。

"五灯"系指五部禅宗灯录:一、《景德传灯录》,北宋法眼宗道原编著;二、《天圣广灯录》,北宋临济宗李遵勖编著;三、《建中靖国续灯录》,北宋云门宗惟白编著;四、《联灯会要》,南宋临济宗悟明编著;五、《嘉泰普灯录》,南宋云门宗正受编著。此五种灯录,分别于北宋景德元年(1004)至南宋嘉泰二年(1202)的近二百年间成书。

"五灯"各有三十卷,计有一百五十卷之多,内容重复纷杂。普济禅师删繁就简,合"五灯"为一书,得二十卷,尽除叠合之弊。全书括摘枢要,芟夷枝蔓,使之更符合史书常例。在体例上,此书也与原来的"五灯"略异,按禅宗五家七宗的派别分卷叙述,使七宗的源流本末犹如指掌了然。

【赏读】

"拈花微笑"或"拈花一笑"这段公案，根据现在能够查到的资料，来自大乘佛教的《大梵天王问佛决疑经》。这里所取的，是《五灯会元》卷一里面收录的故事版本。各版文字不同，不过，故事的大意都是一致的。所以，这里取禅家的版本作为依据。"拈花微笑"作为中国禅宗的"第一公案"，而且据说佛陀还将自己平素所用的袈裟和钵盂，也在"拈花微笑"的同时授予了迦叶，这也成为了佛教"衣钵传人"这个宗教传统的肇始。为此故，中国禅宗又把迦叶列为了"西天第一代祖师"。而经籍中记载的真正创立中国禅宗的初祖达摩或六祖惠能，则都遥遥地在迦叶之后了。

如此，我们就算找到了这个"拈花微笑"和"衣钵真传"的由来源头，当然也找到了中国禅宗安身立命的精神源头。同时也有一些对于《大梵天王问佛决疑经》的质疑和讨论。说是在碛砂、高丽、永乐、乾隆等诸版本的藏经中，皆无此经；唯一能找到的这部经的出处，是日本人编辑印行的《大日本续藏经》。而《五灯会元》里面的故事版本，又取自何处呢？

这是一个相当复杂的问题。要辨别考证一部经或灯录里面人物故事的真伪，不但要依据一定的成规取舍标准，还需要大量搜求证据并进行辩证论说。这不但是我力不能及的，而且也超出了此处讨论的范围。我们还是接着来读这段"拈花微笑"的公案，看取其中之意。

如果撇开所谓的真伪出处不管，那么这则"拈花微笑"的公案还真是一个无法言说，而又蕴含了万千道理的优美故事。

没有人能够说出佛陀那拈花一瞬的确实含义，也没有人能说出迦叶那会心一笑中都蕴藏了些什么，但似乎他们什么都说了，什么都有了。

禅，就是这样让人着迷，但又让人在心有所感的时候，欲言又止，作声不得。

时空中，没有了声音的传播，唯有心心相印中的师与徒，你和我。

人与人，在很多时候，是不必使用语言就可以交流的。一朵花，一片绿叶，或者，一个微笑，一个眼神，也就够了。信息在心与心之间的传递，不需要更多外部媒介。而必须依靠外部媒介才能完成的传递，或者与心无关，或者离心很远。

禅是什么？禅是一种直接进入事物内部，超越了物我界限的一种精神，是把握生命和生活真实的一种方式方法，同时又是一种澄明宁静、大彻大悟的心灵境界。它存在，它包含在最平常的事物中，犹如水流、土地、空气、草木或春花秋月。

这个故事代代相传。懂的人懂了；不懂的人，永远也懂不了。有诗为证：

> 花本身还是花嘛，
> 花本身不是花嘛，
> 花之外还有花嘛。

不问有言，不问无言 释普济

世尊因有外道①问："不问有言，不问无言。"世尊良久②。外道赞叹曰："世尊大慈大悲，开我迷云，令我得入。"乃作礼而去。阿难③白佛："外道得何道理，称赞而去？"世尊曰："如世良马，见鞭影而行。"

《五灯会元》卷一

【注释】

①外道：佛学术语。音译作底体迦。又作外教、外法、外学。指佛教以外的一切其他宗教或教团。与儒家所谓"异端"一语相当。梵语之原义系指神圣而应受尊敬之隐遁者，初为佛教称其他教派之语，意为正说者、苦行者；对此而自称内道，称佛教经典为内典，称佛教以外之经典为外典。至后世，渐附加异见、邪说之义，外道遂成为侮蔑排斥之贬称，意为真理以外之邪法者。《三论玄义》卷上载："至妙虚通，目之为道。心游道外，故名外道。"

②世尊良久：这里是指世尊（佛陀）良久不语或沉默的意思。

③阿难：佛陀十大弟子之一，全称阿难陀。意译为欢喜、喜庆、无染。系佛陀之堂弟，出家后二十余年间为佛陀之常随弟子，善记忆，对于佛陀之说法多能朗朗记诵，故被誉为"多闻第一"。阿难于佛陀生前未能开悟，佛陀入灭时悲而恸哭；后受摩诃迦叶教诫，发愤用功而开悟。于首次经典结集会中被选为诵出经文者，对于经

法之传持，功绩极大。

【赏读】

　　这段公案在中国禅宗历史上有过不小的影响，很有点与"拈花微笑"异曲同工之处。但是，这则公案比之"拈花微笑"，却令人更加难以琢磨把握。

　　那么，这则公案到底说了些什么呢？如果用现代语言翻译，其大意如此：一天，有个佛教僧团之外的修行者问世尊："不问有言，不问无言。"这位佛教之外修行的"外道"，以"不问"为问，然后就静静地在那里等着世尊的回答。然而，"良久"过去了，世尊却一语不发。于是，这位"外道"就不由得赞叹起来："世尊大慈大悲，开我迷云，令我得入。"就是说，世尊啊您真是慈悲，一下子就拨开了我面前的迷雾疑云，让我能够进入其中。接着，就起身礼拜，然后离去了。他走了，但随侍在世尊身边的阿难，却开始向世尊发问了："世尊啊，那个外道从您这里得到了什么道理，就满口称赞着离去了？"世尊对阿难说："他呀，就像世间的良马一样，见到鞭影就知道该怎么奔赴前面的路途了。"

　　这样的翻译解说，对于一般的读者，大概也就可以交代过去了。但对于那些个"别有用心"的人，却有着一个不大不小的问题——对于"外道"所提问的那个"不问有言，不问无言"的"不问"之问，被有意地绕了过去，原封不动地留在原处。为什么呢？我思索多日，琢磨再三，也不能真正把握其真实含义。若是仅仅从字面去解读，"不问"就是不问，而"有言"或"无言"，也就是"有言语"或"没有言语"。但，将整个公案故事联系起来，又明明不是这个意思了。那到底是怎么一个意思呢？近年颇为流行的胡兰成解读《碧岩录》而成的《禅是一枝花》，里面也有这则公案。但胡氏也很聪明很小心地避开了这个问题，只是在"良久"和"良马"

上"哥哥""七姐"地饶舌了一番,也就滑溜了过去。如此,就让我们引一则佛门中禅僧的公案,看是否会有些消息透露出来:

> 浮山法远禅师住在会圣岩。一天晚上,他得一梦,梦见自己养了一只青色的鹰。醒来后觉得是一个吉兆。果然,次日晨,义青禅师就来了。浮山一见非常高兴,便请他在会圣岩住下,并建议他参外道问佛"不问有言,不问无言"这个公案。
> 义青将这个公案一参,就是三年。
> 一日,浮山问他:"还记得我教你参的公案吗?说说看。"
> 义青正要开口答话,浮山一把就将他的嘴给掩上了。
> 义青当即豁然而悟,倒身礼拜。
> 浮山见他礼拜,便问道:"你悟到什么玄妙的禅机了吗?"
> 义青道:"就是有也得全部吐掉。"

说到这里,我想我不应该继续饶舌了。"不问"而问也好,"有言""无言"也罢,都是自家灶前的柴禾,烧不烧得着,全看自家的本事,千万别指望他人来给你点火煮饭。

持钵去 _{释普济}

【禅语】

世尊一日敕①阿难:"食时将至,汝当入城持钵②。"阿难应诺。世尊曰:"汝既持钵,须依过去七佛③仪式。"阿难便问:"如何是过去七佛仪式?"世尊召阿难,阿难应诺。世尊曰:"持钵去!"

《五灯会元》卷一

【注释】

①敕:此字多与皇权相联系。如把皇帝的命令称为"敕令"。其他如"敕书""敕封""宣敕"等。如唐代诗人白居易《卖炭翁》所示:"翩翩两骑来是谁?黄衣使者白衫儿。手把文书口称敕,回车叱牛牵向北。"但在佛典灯录中使用此字,很明显是佛经翻译者将世尊比为帝王的缘故。此处意为世尊命阿难入城乞食。

②钵:是洗涤或盛放东西的器具,形状像盆而较小,用来盛饭、菜、茶水等。因材质不同,故有金钵、银钵、铜钵、铁钵、瓦钵、木钵等。一钵之量刚够一僧食用,僧人只被允许携带三衣一钵,此钵则为向人乞食之用。现今泰国及我国云南傣族地区等南传佛教僧人,仍于每日凌晨沿门持钵乞食。此处特指比丘所用的食器。

③七佛:指释迦牟尼佛及在其以前出现的六位佛陀。即过去庄

严劫末的毗婆尸、尸弃、毗舍浮三佛,与现在贤劫初的拘留孙、拘那含牟尼、迦叶、释迦牟尼四佛。

【赏读】

　　这段灯录公案,内容其实也很简单——某天佛陀对侍者阿难说,又到该吃饭的时候啦,你应当进城去持钵乞食了。阿难答应。佛陀又说,你既然要去持钵乞食,就得依照过去七佛的仪式进行。阿难便问,怎样是过去七佛的仪式呢?佛陀没有直接回答,而是再次呼叫阿难的名字,阿难再次应答。之后,佛陀就说,持钵乞食去吧。

　　禅的机巧,就在这最后的几句言语里。但这里有个问题,就是"过去七佛"。按照一般的说法是指毗婆尸、尸弃、毗舍浮、拘留孙、拘那含牟尼、迦叶这过去的六位,加上释迦牟尼,为七佛。但这里的问题是,假如"过去七佛"这个词是从释迦牟尼口中对阿难说出的,就有点令人不可思议了。他可以把自己称作佛,但一个活在当下的人,怎么可能又成了"过去佛"呢?《五灯会元》收录的这则公案故事,我翻遍古籍也查不出它的出处。几乎不用怀疑,这是后人伪造的,而且,还很可能就是唐宋时期中国禅宗兴起之后杜撰出来的。

　　不过,且慢。犹如胡适之先生对于《六祖坛经》的质疑一样,里面的事实部分可能是后来的禅子禅孙们为了自家的声名利养而虚构杜撰出来的,但里面的禅理却值得汲取珍重。我对于禅门公案,也基本是取这个态度的。这一则"持钵去"的公案,在违背常情常理的逻辑和语言背后,实则就是假佛陀与阿难之名之口,告诉后来者,所谓的仪式规矩,就是去做,去行动,而非辩难讨论、无休无止的口舌话语。

　　"持钵去",便是"过去七佛仪式"。

迦叶不曾舞 释普济

世尊因乾闼婆王①献乐②,其时山河大地皆作琴声,迦叶起作舞。王问:"迦叶岂不是阿罗汉③,诸漏④已尽,何更有余习⑤?"佛曰:"实无余习,莫谤法⑥也。"王又抚琴三遍,迦叶亦三度作舞。王曰:"迦叶作舞,岂不是?"佛曰:"实不曾作舞。"王曰:"世尊,何得妄语⑦?"佛曰:"不妄语。汝抚琴,山河大地木石尽作琴声,岂不是?"王曰:"是。"佛曰:"迦叶亦复如是⑧,所以实不曾作舞。"王乃信受⑨。

《五灯会元》卷一

【注释】

①乾闼婆王:在婆罗门教中,乾闼婆是指不食酒肉只寻香气便可滋养身心,且遍体散发香气的乐神。他们服侍帝释,并负责为众神在宫殿里演奏美妙的音乐。乾闼婆王,指的是技艺超群而管理诸乐神的乐神王。

②献乐:恭敬地演奏音乐。

③阿罗汉:意为"得道者"或"圣者"。"阿罗汉"是上座部佛教修行的最高果位,也是对断绝了一切嗜好情欲、解脱了烦恼、受人崇敬的修行人的一种称谓。汉地又简称为"罗汉"。

④诸漏:佛教语,指人生所有的各种烦恼。漏有三种:欲漏(指欲界的烦恼)、有漏(指色、无色两界的烦恼)、无明漏(总三

界之无明)。

⑤余习：佛教语，指修行者没有改掉的各种不符合修行要求的坏习气。

⑥谤法：毁谤佛法，或曰毁谤正法。佛法，指佛陀传授的道理。正法，就是指佛教正确的法旨教理。

⑦妄语：佛教语，指说假话或没有根据的错误言语。

⑧如是：佛教语，意为"这样"或"如此"。亦复如是，意为"也是这样"。

⑨信受：信仰接受。

【赏读】

这个禅宗的公案里，我们看到了西语概念中"通感"的应用。这个应用者，就是佛陀。当然，这个在佛陀那里，不叫通感，叫观照。

通感是什么呢？通感就是把不同感官的感觉沟通起来，借联想引起的感觉转移。在文学艺术的创作中，视觉、听觉、触觉、嗅觉等各种官能的感受，是可以相互沟通不分界限的，是一种建立在生理与心理双重基础上的感知幻觉状态。在通感中，颜色是有温度的，声音是有形状的，冷暖是有重量的，速度是会疼痛的，目光是会打结的。这是西方现代心理学或语言学的关注研究范畴。而佛学，早在千百年前的诞生之初，就已经在运用现代心理学的这种方法来进行弘法解惑的工作了。

在这则公案里面，就讲了这样一个"佛陀解惑"的故事。有一位被称为"乾闼婆王"的高级乐神，为佛陀抚琴。乐声美妙无比，仿佛山河大地都被乐声融化成了这美妙的琴声。而随侍在佛陀身边的迦叶尊者，听到琴声就也起身舞蹈起来。于是，乐神便问佛陀，迦叶难道不是阿罗汉吗？阿罗汉不是各种烦恼习气都已经断除尽了吗，怎么还会这样如常人一样随乐起舞呢？佛陀就答复他说，迦叶实在并没有这样的习气，你可不要毁谤佛法。这位被称为乾闼婆王的乐神，就又弹奏了三曲，迦叶也又三次随乐起舞。乐神见此，便质问佛陀，怎么样，你看到了吧？他这样难道还不是余习未尽吗？佛陀再次否定说，他真的没有起身舞蹈这回事。故事进行到这里，乐神不干了，认为佛陀是为弟子护短，就对佛陀说，世尊啊，您怎么能说假话呢？明明他就是随乐起舞了嘛，您怎么能睁着眼不承认呢？佛陀于是对乐神说，我没有说假话。你看啊，你抚琴的时候，山、河、大地、木、石，以及所有周围的东西，不都化作了你的琴声吗？乐神老实地作答，是啊世尊。佛陀至此才将自己否定迦叶起舞的答案告诉了乐神：迦叶也像周围的山、河、大地、木、石一样，化成了你的琴声，所以他实在是不曾起舞的啊。于是，这位乐神之王终于一下子明白了是怎么回事。

  不过呢，虽然在这段公案里，乾闼婆王明白了"迦叶不曾舞"是怎么回事，但在公案之外，可不是每一个遇到这种情况的人，都能脑筋急转弯一样顿悟开来。人们往往都被"眼见为实"这样的观念所障碍，无法洞悉事物的真相本质。因为，很多时候我们眼见的，并不是事物的真相，而是假象。而要不被假象所惑，我看唯一的办法，就是先把这则公案参究透，然后再学会举一反三的本领。

昨日定，今日不定 释普济

世尊因外道问："昨日说何法？"世尊曰："说定法。"外道曰："今日说何法？"曰："不定法。"外道曰："昨日说定法，今日何说不定法？"世尊曰："昨日定，今日不定。"

《五灯会元》卷一

【赏读】

这则公案也是基本不用进行注释的。世尊，就是释迦牟尼。外道，就是佛教之外的修行者。这些前面都已经详细注释过。

这则公案的一个关键问题，就是世尊回答外道的"昨日定，今日不定"。

如果大家对于中国禅门的公案比较了解的话，大概会想起来一个，就是说唐代的马祖道一有一个弟子，开悟后躲到了山里。后来遇到了他的一位师兄弟，就问，老和尚现在说什么呢？还是"即心即佛"吗？对方答道，老和尚现在改说"非心非佛"了。这山僧于是说，管他再怎么说，我就还是"即心即佛"。

怎么样？是不是觉得上面佛陀与外道的问答，与这对师兄弟的问答有点类似啊？呵呵，所谓天下文章一大抄，就看会抄不会抄了。现在我假定上面的公案，真的是出自佛陀的问答记录，那么后世的类似问答，也就都是比着葫芦来画瓢，没有什么好惊奇的。

回到这个公案上面来。这公案的语言文字，一看就懂，这里就不做白话复述了，就单说最后。最后，外道问："昨日说定法，今日何说不定法?"世尊答:"昨日定,今日不定。"如果按照一般逻辑,这回答等于没有回答,而且比不回答还要糟糕。因为,明白的人是不用发问的。不明白的人,听了这样的回答会更加不明白,一定还会打破砂锅问到底地继续一路问下去。但公案就是公案,到这里就结束了,戛然而止。为什么"昨日定,今日不定",世尊是不会出来回答了,要发问的外道自己准备答案给自己。或者说,是要每个读到这则公案的人自己给自己准备答案。找到了,对症了,你就悟了。找不到呢,就继续找吧,没有别的办法。没人能代替你去找。

当然,答案不止一个两个三五个。一千个人就会有一千个答案,一万个人就会有一万个答案。而我的答案,就是这一千一万个里面的一个。借用一下《金刚经》里面佛陀回答须菩提的著名方式,我的答案就是:所谓定,即非定。所谓不定,也即非不定。那么到底是定还是不定呢?

我就还是把我寻到的答案告知大家一下吧:就是不要去想这个定或不定的问题,不要管他说什么。你昨天干嘛,今天还继续干嘛就对了。

十四无记 释普济

世尊因有异学^①问:"诸法是常邪?"世尊不对。又问:"诸法是无常邪?"世尊亦不对。异学曰:"世尊具一切智,何不对我。"世尊曰:"汝之所问,皆为戏论^②。"

《五灯会元》卷一

【注释】

①异学:这里与"外道"同义,指修学研究佛教之外道理的学者。

②戏论:指不能增进善法之非理而无意义的言论。民国时期《佛学大辞典》对此的解释是:非理之言论,无义之言论。

【赏读】

这是一则文字不多,但内涵却极其丰富甚至复杂的奇异公案。就是这五十多字的一个公案,千百年来,禅门以及学界,对此有着诸多的讨论和解读,但最终的结论,还是没有结论——每人都有自己的结论,但却没有一个大家共同认定的结论。

元代的著名禅僧高峰原妙和尚,对此公案有一个评点,说"异学有言若哑,世尊无语如雷"。什么意思呢?他说,那向佛陀提问的外道学者,虽能说话,却像个哑巴;而佛陀虽一语不发,却犹如雷霆炸响时那样震耳欲聋。这当然有佛门中人颂扬佛祖的情感因素在里面，却也不无道理。

但是，如果要真正明白佛陀为何不回答"异学"的这些提问，就还需要了解一点佛教发展史上的一些常识。

在《中阿含经》和《杂阿含经》中，都记载有关于"十四无记"的内容。这"十四无记"，就是佛陀对于十四种问题，不作回答。哪十四种呢？就是：一、世间有常（世界恒常存在吗）；二、世间无常（世界不恒常存在吗）；三、世间有常非无常（世界恒常而又不恒常吗）；四、世间非有常非无常（世界既非恒常又非不恒常吗）；五、世间有边（世界有边际吗）；六、世间无边（世界无边际吗）；七、世间有边无边（世界既有边又无边吗）；八、世间非有边非无边（世界既非有边又非无边吗）；九、是命是身（生命与自我是同一的吗）；十、命异身异（生命与自我不是同一的吗）；十一、如来死后有（如来死后还存在吗）；十二、如来死后无（如来死后不存在了吗）；十三、如来死后有无（如来死后既存在又不存在吗）；十四、如来死后非有非无（如来死后既非存在又非不存在吗）。

对于佛经中记载的佛陀不予回答的这十四种问题，后世僧人给归纳出了这样三种原因：第一，不应讨论此等虚妄不实之事。第二，诸法从缘起，既非"有常"，亦非"断灭"。第三，此十四种问题，乃是外道为了诘难佛陀而提出来的斗争之辞，是无益之戏论，对于真实的修行并无用处。

当然，如果我们从哲学的角度来看，这些提问也都是一些古老的哲学命题，涉及唯物论也涉及唯心论，争论与诘难，都是一种在真理的探索发现中很正常的学术现象。

但是，作为一种带有哲学色彩的宗教来说，它不是单纯地去研究学问，而是重在解脱现世痛苦的修行。所以，讨论时间与空间以及灵魂这样不能实证只能推论的玄虚问题，是浪费时间精力的，是对了脱生死毫无益处的。

通过这个"十四无记"的记载，我们也可以一管窥豹地了解到，最初的佛教思想里面是禁止讨论诸如世间啊、生命啊以及灵魂啊、转世啊，这些虚妄不能实证之问题的。但是，在影响广大的《金刚经》里面，却有"诸行无常"等关于"有""无"的论说。也有"如恒河沙数""三千大千世界"这样关于"世间"的讨论。所以，关于这些问题，并非能不能讨论的问题，而要根据提问者的身份以及当时的具体环境条件而有所判断抉择。

但在《阿含经》里面，凡属于"十四无记"之中的问题，都是不应该讨论更无须回答的。也就是说，当你认为提问者提的问题与实际的修行解脱无关时，就可以用沉默应对，不去作答。这也许可以说明，《金刚经》这部大乘佛教的般若经典著作，是在《阿含经》流传很久之后才出现的，所以违背或者说突破了原来的"十四无记"的规定。由此，我们也可以明白，佛教的思想理论，以及戒律规定，并不是一成不变的，而是在流传的过程中不断在变化发展着的。因为，随着佛教在不同国家地区的兴衰和传播，为了能够接地气以求存续，必须主动或被动地接纳融合很多原本不属于它的思想理念。于是，就成了我们现在看到的"形形色色的佛教"了。

也须问过 释普济

世尊一日坐次,见二人舁①猪过,乃问:"这个是什么?"曰:"佛具一切智,猪子也不识。"世尊曰:"也须问过。"

《五灯会元》卷一

【注释】

①舁:扛抬。轿夫,亦称为舁夫。

【赏读】

之所以选取这段公案(或故事)来品味解读,是觉得它有意思,有嚼头。这样的故事,似乎一看就明白,但再看又不明白了。需要挖掘一下,看看这个故事表层下面的东西,看它都藏了些什么神奇宝贝。

我们先来白话还原一下这个短短的故事情节:一天,世尊,也就是释迦牟尼在那里坐着,看到两个人抬着一头猪从面前经过,于是就问,你们抬的是什么啊?两个舁夫,也就是抬猪的人,他们当然都认识这位整日坐在树下的乔达摩,就哈哈笑着说,您是佛,是具备了一切大智慧的圣人啊,怎么连一头猪也不认识?世尊并不表现出尴尬或懊恼,只是回应了一句:"也须问过。"

这样的一段独幕剧,按照一般人的思维方式,如果这仅仅就是一段关于猪的对话,怎么会收录到千年相传的禅门灯录里面去呢?

但是，很明白的，这里可以深挖的也就是"也须问过"这四个字。但是，这四个字里面，到底藏了些什么呢？

释迦牟尼就像中国的孔丘孔夫子一样，是历史人物，而非如上帝或玉皇大帝那样仅仅存在于虚构传说之中。他们的所谓思想和事迹，都是由他们的弟子或弟子的弟子来记述整理出来并流传的。所以，他们就又难免带有了"虚构人物"的某些特点。他们的事迹或思想观点，距离他们存世的时间越远，就越是容易被后人根据当时或自身的需要而进行加工、杜撰或演绎。

释迦牟尼的一生是自觉觉人的一生。他按照自己的理解，阐述了宇宙人生的实相，指出了亲证真理的方法。他一生都在说法，教导他的信徒们起信得解，共证菩提。"原教旨"的佛教是非常具有怀疑精神的宗教。梁启超在他的《佛学十八篇》一书中就说："佛教是智信，而非迷信。"后人把佛祖、佛教进行神化，编造出"天堂""地狱""转世""轮回"等东西，只不过是为了满足自身的需要而已。

毫无疑问，在不同时期出现的各种海量经卷中，释迦牟尼也有了诸多的形象。人与神的界限，越到后来就越被人为地模糊起来。

由此，我们基于一个曾经存在过生活过的人的立场来分析，释迦牟尼或许只是想要借此告诉他身边的弟子们，即便是觉悟了一切世间全部真理的人，也还是有不懂得的微小生活内容，也还是有不认识不知道的事物，即便是这么司空见惯的一头猪，不通过了解实证也是无法确定的。这是一种很老实很客观的态度。因为他只是一个觉悟了的人，而不是虚构出来的全知全能的神。

这个公案故事的寓意，远远超越了可以解读的层面。

不过，这里来引一段《五灯会元》中记载的地藏守恩禅师对此段公案的点评，或者可以起到另外一种意想不到的效果。他说："瞿昙老汉，也是无端，大似节目上更生节目，忽被二人呵呵大笑，舁猪便行,一场摩罗。"瞿昙,是释迦牟尼姓氏的另一种音译,现在的通行译法叫作乔达摩。摩罗,在传说中是总与佛陀及其弟子捣乱的魔王,又叫波旬。

一个中国和尚,瞿昙的异国后世弟子,在此把他没心没肺地打趣了一番。

断臂安心 瞿汝稷[①]

有僧神光[②]，久居伊洛，博览群籍，善谈玄理，每叹曰："孔老之教，礼术风规，庄易之书，未尽妙理。近闻达摩大士[③]，住止少林，至人不遥，当造玄境[④]。"遂诣祖参承。

祖常端坐面壁，莫闻诲励。光自惟[⑤]曰："昔人求道，敲骨取髓，刺血济饥，布发掩泥，投崖饲虎。古尚若此，我又何人！"值大雪，光夜侍立，迟明积雪过膝，立愈恭。

祖顾而悯之，问曰："汝久立雪中，当求何事？"光悲泪曰："惟愿和尚慈悲，开甘露门，广度群品。"

祖曰："诸佛无上妙道，旷劫精进，难行能行，非忍而忍，岂以小德小智，轻心慢心，欲冀真乘[⑥]，徒劳勤苦。"光闻祖诲励，潜取利刀，自断左臂，置于祖前。

祖知是法器，乃曰："诸佛最初求道，为法忘形，汝今断臂吾前，求亦可在。"祖遂因与易名曰"慧可"。

可曰："诸佛法印，可得闻乎？"祖曰："诸佛法印，匪[⑦]从人得。"

可曰："我心未宁，乞师与安。"祖曰："将心来，与汝安。"

可良久曰："觅心了不可得。"祖曰："我与汝安心竟[⑧]。"

《指月录》[⑨]卷四

【注释】

①瞿汝稷（1548~1610）：明代学者，字元立，号那罗窟学人、幻寄道人、槃谈等，南直隶苏州府常熟（今属江苏）人。瞿景淳之子。以父荫受职，三迁至刑部主事，出知辰州府，任职长芦盐运使，累官至太仆少卿。幼秉奇慧，博览强记，宿通内外典。历从紫柏、密藏、散木等诸公游，又闻禅法于竹堂寺之管东溟。其后紫柏真可禅师于径山刻大藏，汝稷乃为文导诸善信，共襄斯举。又于佛前发誓，愿荷法藏。万历三十年（1602），撮汇历代禅宿法语为《指月录》三十卷，盛行于世。康熙十八年（1679），有聂先者，编续《指月录》二十卷以接踵其书。瞿汝稷另著有《石经大学质疑》《兵略纂要》《瞿冏卿集》等。

②神光：禅宗二祖慧可（487~593），俗姓姬，名光，号神光，虎牢（今河南荥阳西北）人。后在嵩山诣菩提达摩，易名慧可，成为中国禅宗第二祖。

③达摩：即菩提达摩，相传其自称佛传禅宗第二十八祖。后世中国禅宗以其为初祖，故中国的禅宗又称"达摩宗"。他被尊为"东土第一代祖师"，与宝志禅师、傅大士合称梁代三大士。由于达摩以四卷《楞伽经》为弘传依据，所以其所传禅法又被研究者称为"楞伽宗"。达摩大概于中国南朝刘宋时期经海路到达广东一带，后又云游至北魏都城洛阳，再后隐居嵩山多年，有弟子慧可等十余人。

④至人不遥，当造玄境：离人们不远，应当前往探访这样有玄妙之境者。这大概是说其修为高，又离得近，即有高人在侧，当往求以近其境界。

⑤惟：思维，思想。

⑥欲冀真乘：冀，期也。乘，这里作教义解，亦可理解为真理。

⑦匪：非。

⑧竟：结束，完成。

⑨《指月录》：又称《水月斋指月录》，计有三十二卷。明代瞿汝稷编集。万历二十三年（1595）完成，三十年序刊。收在《卍续藏》第一百四十三册。又有清代聂先（乐读居士）所撰《续指月录》一书，全书二十卷，康熙十九年（1680）刊行。系继《指月录》之后所编集的禅门高僧列传。也收在《卍续藏》第一百四十三册。所谓"指月"，源于六祖惠能与无尽藏尼对话的一个典故：无尽藏尼对惠能说："你连字都不识，怎谈得上解释经典呢？"惠能答："真理是与文字无关的，真理好像天上的明月，而文字只是指月的手指。手指可指出明月的所在，但手指并不是明月。"示喻文字所载的佛法经文，都只是指月的手指，只有佛性才是明月本身。

【赏读】

虽然，我这里也算"引经据典"，但在不同的考据文本中，关于二祖慧可的断臂，却有不同的说法。其一就是他的断臂，不是因为求法于胡僧达摩，而是被山贼野寇所伤。如果这"断臂"的故事不能成立，那么"立雪"与"传法"，也就可以被质疑了。

胡适在20世纪曾通过流落到欧洲的敦煌抄本，考据出禅宗历史中的许多虚构不实之处，此后也就有了诸多对于禅宗历史故事真实性的怀疑。甚至有人认为，在南方禅宗系统主导的中国禅宗史中，是否真有达摩其人，也都是值得怀疑的，更遑论其他了。胡兰成在他曾经流行一时的《禅是一枝花》这本书中，也持同样的看法，认为神光慧可的断臂求法之说，远没有被山贼野寇所伤更能令人相信。设身处地地想一下，一个人将手臂砍下来，就为了听一个传说中的外国和尚说几句或许根本听不懂的话，不说那血淋淋可能危及生命的场景，就从师徒教授的关系讲，也是不能想象的。佛教徒是以教人觉悟出迷为己任的，如果连求学者在雪地里挨冻都不管不顾，甚至直到学生自断手臂表决心才肯教授，这样起码是违背佛陀慈悲救度之精神的。所以，如此违背世情常理的传说故事，被后世质疑，也就实在不足为奇了。

但是，对于这样的公案故事，我们真的不必去过分探讨它真实与否。因为，这可能基本上是一个无解之谜。而我们从公案故事中所得到的，不是史实到底如何，而是这传说中的公案传达给我们的道理是否正确，是否有启迪、有意义。

慧可的"断臂安心"，至少表明了一个人在追求真理的路上，所必有的艰难曲折，以及必须具备的决心和需要做出的重大牺牲。而达摩安心，更是形象地告诉后人，心是无形之物。所谓不安，无关乎心，只关乎理。对于世界、事物的道理明澈了，消除了误解错判，也就可以让自己的心安定下来。安心，在于明理。

诸恶莫作，众善奉行 释普济

杭州鸟窠道林禅师①，本郡②富阳人也。姓潘氏……九岁出家，二十一于荆州果愿寺受戒……后见秦望山③有长松，枝叶繁茂，盘屈如盖，遂栖止其上；故时人谓之鸟窠禅师。复有鹊巢于其侧，自然驯狎，人亦目为鹊巢和尚……元和中④，白居易⑤侍郎出守兹郡，因入山谒师⑥。问曰："禅师住处甚危险。"师曰："太守危险尤甚！"白曰："弟子位镇江山⑦，何险之有！"师曰："薪火相交，识性不停⑧，得非险乎？"又问："如何是佛法大意？"师曰："诸恶莫作，众善奉行⑨。"白曰："三岁孩儿也解恁么道。"师曰："三岁孩儿虽道得，八十老人行不得。"白作礼而退。

《五灯会元》卷二

【注释】

①鸟窠道林禅师（735~833）：杭州富阳人。俗姓潘，法名圆修，号道林。出生于唐开元二十三年（735），晚年移居福清白屿（今江阴镇），圆寂于唐大和七年（833），享年99岁，僧龄达90多载。

②本郡：指杭州。隋代杭州地区称钱塘郡，唐改称杭州，但此处为旧名沿袭。

③秦望山：位于浙江诸暨市枫桥镇乐山村东北，是会稽山脉的

名山,土名"燕子岩头",又名刻石山,传说系秦始皇会稽刻石处,故名。

④元和中:指唐宪宗的年号元和(806~820)中期,也就是810年到815年这几年。但实际上白居易任杭州刺史是在822年到825年,此处记载或许有误。

⑤白居易(772~846):字乐天,号香山居士,又号醉吟先生,祖籍太原,生于河南新郑。是唐代三大诗人之一。白居易与元稹共同倡导新乐府运动,世称"元白",与刘禹锡并称"刘白"。

白居易的诗歌题材广泛,形式多样,语言平易通俗,其有"诗魔"和"诗王"之称。他官至翰林学士、左赞善大夫。846年,白居易在洛阳逝世,葬于香山。有《白氏长庆集》传世,代表诗作有《长恨歌》《卖炭翁》《琵琶行》等。

822年至825年,白居易曾任杭州刺史、苏州刺史。与鸟窠道林禅师的交际,便是在此期间。

⑥谒师:指白居易拜见鸟窠道林禅师。谒,拜见。师,指鸟窠道林禅师。因灯录的记述方式,多为弟子记述师父行迹故事,故多以师指代传主名讳。

⑦位镇江山:意为地位重要,镇守一方。

⑧薪火相交,识性不停:前四字"薪火相交",指现实中的困惑与内心的烦恼交织在一起。后四字"识性不停"是接续说明前面的情景,说明内心的各种欲想妄念无休无止。识性,指人认识、判断事物的本性。

⑨诸恶莫作,众善奉行:此句出处甚多。一般认为出自《增一阿含经》,为四句偈"诸恶莫作,众善奉行。自净其意,是诸佛教"。意思显明,就是要求佛教的信仰者只做善事,不做恶事。自己将自己的内心清洁了,就是一个真正的佛教徒了。当然,这里的"善"与"恶",只是佛教的标准,依照禅宗"非善非恶""非恶非

善"，不执着两元对立的观点，又做他论。

【赏读】

这段公案的前面一部分，是对于鸟窠道林禅师的介绍，算是文章进入核心前的一个铺垫。但这个铺垫很重要，犹如登楼的梯子一样不可缺少。没有这个铺垫，就不能引出后来的白居易出场。白居易在当时不仅仅是一个诗人，而且是"位镇江山"的封疆大吏，手中握有管辖区域内的生杀大权。他"入山谒师"，就衬托出了被谒之人不一般的分量。而在对话之初，白居易或许并无深意，但鸟窠禅师却有意点化之。最后就引出了白居易问"佛法大意"，禅师给出"诸恶莫作，众善奉行"的回答。但这还不是此公案的高潮，高潮在于最后的问答。白居易既是封疆大吏，同时又是信仰佛教的饱学之士，对于鸟窠禅师这毫无新意的回答当然不满意，就认为"三岁孩儿也解恁么道"，你岂不是搪塞于我吗？禅师于是说出了震撼千年的一句老实话："三岁孩儿虽道得，八十老人行不得。"白居易听了这句回答，口不能言，唯有"作礼而退"。

这个公案对于我们后人的启发，就是要时刻地反省检讨自己，那些大而好的动听口号，喊出来是很容易的，但要做到，并且能一直坚持着去做，就很难很难了。也唯因其难，才显可贵可敬。

快乐无忧，故名为佛 释普济

牛头山①法融禅师②者，润州延陵③人也。姓韦氏。年十九，学通经史。寻阅大部般若④，晓达真空⑤。忽一日叹曰："儒道世典，非究竟法。般若正观，出世舟航。"遂隐茅山⑥，投师落发⑦。后入牛头山幽栖寺北岩之石室，有百鸟衔华之异⑧。

唐贞观⑨中，四祖⑩遥观气象，知彼山⑪有奇异之人，乃躬自寻访⑫。问寺僧："此间有道人否？"曰："出家儿那个不是道人？"祖曰："阿那个是道人？"僧无对。别僧曰："此去山中十里许，有一懒融，见人不起，亦不合掌，莫是道人么？"祖遂入山，见师⑬端坐自若，曾无所顾。祖问曰："在此作甚么？"师曰："观心。"祖曰："观是何人？心是何物？"师无对，便起作礼曰："大德高栖何所？"祖曰："贫道不决所止，或东或西。"师曰："还识道信禅师否？"祖曰："何以问他？"师曰："向德滋久，冀一礼谒⑭。"祖曰："道信禅师，贫道是也。"师曰："因何降此？"祖曰："特来相访，莫更有宴息⑮之处否？"师指后面曰："别有小庵。"遂引祖至庵所。

绕庵，唯见虎狼之类。祖乃举两手作怖势。师曰："犹有这个在。"祖曰："这个是甚么？"师无语。少顷，祖却于师宴坐石上书一佛字，师睹之悚然⑯。祖曰："犹有这个在。"师未晓，乃稽首⑰请说真要。祖曰："夫百千法门，同归方寸。河沙妙德，总在心源。一切戒门、定门、慧门、神通变化，悉自具足，不离汝心。一切烦恼业障，本来空寂。一切因果，皆如梦幻。无三界⑱可出，无菩提可求。人与非人，性相平等。大道虚旷，绝思绝虑。如是之法，汝今已得，更无阙少，与佛何殊？更无别法，汝但任心自在，莫作观行，亦莫澄心，莫起贪嗔，莫怀愁虑，荡荡无碍，任意纵横，不作诸善，不作诸恶，行住坐卧，触目遇缘，总是佛之妙用。快乐无忧，故名为佛。"师曰："心既具足，何者是佛？何者是心？"祖曰："非心不问佛，问佛非不心。"师曰："既不许作观行，于境起时，心如何对治？"祖曰："境缘无好丑，好丑起于心。心若不强名，妄情从何起？妄情既不起，真心任遍知。汝但随心自在，无复对治，即名常住法身，无有变异。吾受璨大师顿教法门⑲，今付于汝。汝今谛受吾言，只住此山。向后当有五人达者，绍汝玄化。"祖付法讫，遂返双峰⑳终老。师自尔法席大盛。

《五灯会元》卷二

【注释】

①牛头山：位于今江苏南京西南，又称天阙山、牛首山等。

②法融禅师：为禅宗四祖道信传法弟子，"牛头宗"开山之祖，其禅法独立于后来流传的南顿北渐，自成体系。

③润州延陵：今江苏金坛。

④大部般若：即唐代玄奘法师所译之《大乘般若经》，为大乘佛教宣说诸法皆空之义的般若类经典的汇编，计有六百余卷，大概成书于公元前1世纪左右。一般认为其最早出现于南印度，以后传播到西、北印度。唐代玄奘法师自印度取回后，经整理翻译后流传

中土。

⑤晓达真空：即了解知晓"诸法皆空"之真义。

⑥茅山：位于今江苏省句容市与金坛市交界处，距南京大约六十公里。

⑦投师落发：指寻找到一位僧人拜为师父，由其剃掉头发，成为沙弥。

⑧百鸟衔华之异：这是一种神异传说，谕其修行如法，功德圆满。华，同"花"。

⑨唐贞观：唐太宗李世民的年号，自公元627年至649年，计二十三年。其间政绩显著，国泰民安，史称"贞观之治"。

⑩四祖：即禅宗四祖道信大师。

⑪彼山：指牛头山。

⑫躬自寻访：亲自去寻访。躬自，亲自的意思。

⑬师：此处指法融禅师。由于禅宗诸多灯录中的僧人传记事迹，多为传主弟子撰写，故在文中都敬称传主为"师"，而讳其名。

⑭向德滋久，冀一礼谒：意思是向往仰慕其道德修行已久，很想去礼敬拜谒。

⑮宴息：作"休息、栖息"解。

⑯悚然：惊骇的样子。

⑰稽首：指当时的一种隆重礼拜仪式，为"九拜"之一。行礼时，施礼者屈膝跪地，左手按右手（掌心向内），拱手于地，头也缓缓至于地。头至地须停留一段时间，手在膝前，头在手后。这是九拜中最隆重的拜礼，常为臣子拜见君王时所用。后来，子拜父，拜天拜神，新婚夫妇拜天地父母，拜祖拜庙，拜师，拜墓等，也都行此大礼。

⑱三界：指众生所居之欲界、色界、无色界。

⑲璨大师顿教法门：指禅宗三祖僧璨（510～606）所传禅法。

其著有《信心铭》传世。《信心铭》和牛头法融禅师的《心铭》有异曲同工之处。

⑳双峰：即双峰山，在今湖北省孝感市东北。禅宗四祖道信曾在此建立道场。五祖弘忍将其发扬光大。六祖惠能在此获授衣钵南渡弘法。北宗神秀及其弟子，更是在此获法后被唐王室请为国师，影响广大。

【赏读】

在《五灯会元》的诸多僧人传记故事中，选取牛头法融禅师的，是缘于他的独一无二。法融禅师直接获法于四祖道信，但他却不是禅宗的五祖。也就是说，道信的衣钵另有传人，就是弘忍。可见法融是在弘忍之后才获法的，因为在达摩到弘忍的师徒传承之间，是一师只传一徒的。但道信却也给法融指出了另外一条独立的弘法之路：自立宗派。于是，法融便在南京的牛头山讲经布道，大开法筵，最终形成了独立于北宗神秀和南宗惠能之外的禅宗派别：牛头宗（或谓牛头禅）。不过，牛头宗只传了六代，便与北宗禅一样，在南宗禅的席卷之下而消遁不显了。近代佛学大师太虚的弟子印顺法师，对于牛头宗有过这样的评语："南岳、青原下的中国禅宗，与印度禅是不同的。印度禅，即使是达摩禅，还是以'安心'为方便，定慧为方便。印度禅蜕变为中国禅宗——中华禅，胡适以为是神会。其实，不但不是神会，也不是惠能。中华禅的根源，中华禅的建立者，是牛头宗。应该说，是'华夏之达摩'——法融。"

我现在没有足够的材料证据来证明印顺禅师的结论是否正确，那就暂且不论。但法融对于中国禅的贡献和影响，在我们过去的认识中，确实是不足的。

这则关于法融禅师和牛头宗的公案故事，仅就结构而言，应该说是一篇短篇小说式的记叙文。虽重在禅理的宣扬，却也不乏人物和故事情节方面的刻画描写。我认为在这则公案中"快乐无忧，故名为佛"两句，最为重要，是一个总括式的结论。世人都觉得"成佛"很难，其实这只是事情的一个方面。它的另外一面，就是只要坚持修学，方法得当，人与佛之间的沟壑，便可消弭。佛，不过就是觉悟不迷的人而已，不是神，也不是仙，更不是怪。正如四祖道信所言："如是之法，汝今已得，更无阙少，与佛何殊？"这里的关键，是"得法"。此处的"法"，既有作为佛禅真理的法，也涵括了修学时所用方法的法。而一旦得法，即是自身成佛。

佛，一个已经觉悟的人，当然就不会再有什么事情可以令自己烦恼苦痛。所以道信大师才说"快乐无忧，故名为佛"。但也可以颠倒过来说，就是"何以为佛，快乐无忧"。

佛性平等 _{释普济}

润州鹤林玄素①禅师者，延陵人也。姓马氏。晚参威禅师②，遂悟性宗。后居鹤林寺③。一日有屠者礼谒，愿就所居办供。师欣然而往，众皆见讶④。师曰："佛性⑤平等，贤愚一致。但可度者，吾即度之。复何差别之有！"

《五灯会元》卷二

【注释】

①玄素（668~752）：俗姓马，润州延陵（今江苏丹阳）人，又被称为马祖，谥大津禅师。玄素从学于牛头宗五祖智威。开元中至京口，住鹤林寺。天宝十一载（752）去世，年八十五岁。为牛头宗代表人物之一。

玄素的禅风非常简默，重视实地修行，同时也秉持了初祖法融的慈悲柔忍宗风。牛头宗至六祖慧忠、玄素时，宗门大盛，与神秀北宗、惠能南宗，并列为当时的禅宗三大宗派。

②威禅师：即智威禅师（653~706）。俗姓陈，江宁（今南京）人。幼出家，后至延祚寺，嗣牛头宗四祖法持。武后长安二年（702）法持卒后，继守山门，为牛头宗五祖。

③鹤林寺：在今江苏省镇江南郊。始建于晋代。唐玄宗开元、天宝年间，牛头宗僧人玄素任该寺住持。

④见讶：意为露出惊讶的表情。

⑤佛性：又作如来性、觉性。即佛陀之本性，或指成佛之可能性、因性、种子，为如来藏之异名。据《涅槃经》卷七载，一切众生悉有佛性，凡夫以烦恼覆而无显，若断烦恼即显佛性。

【赏读】

这则公案的情节很简单：一位以屠宰牲畜为生的屠户，去寺院礼请玄素禅师到他家里应供，禅师就去了。很多人对于玄素禅师的这个行为感到惊讶和困惑。因为屠户是以杀生为业，是凶恶和不洁的象征。面对众人的疑惑，玄素禅师开导他们说："成佛的种子在每个人身上都是有的，只不过大多数的凡夫俗子，因为陷入烦恼的蒙蔽之中，使得这颗种子不能发芽生长。不管是聪明人还是愚笨的人，都是这样。作为僧人，不管是什么人，只要是我能够帮助他去除这层遮蔽的，我都会去帮助他。所以，这个屠户，与其他的人又有什么不同呢？"

记得在《法句譬喻经》中，也有一则佛陀去一个屠户家应供的故事。那本来是想要诽谤佛陀的婆罗门设下的一个圈套，想让佛陀陷入尴尬的两难境地无法自拔。如果佛陀去屠户家应供，他们就说，那个屠户杀生，你还去他家吃饭，这是造罪。如果佛陀不去，就说，你不是说不能有分别心，宣扬供养的功德很大吗，你怎么现在又违背了自己宣扬的道理了呢？佛陀其实早就明白他们的心思，但还是欣然去应供，并对屠户开示善恶因果，屠夫听后顿然开悟，就跟着佛陀出家，成了佛陀的弟子。

玄素禅师的这个故事，虽然很单纯，没有其他教派势力的设局陷害，仅仅是一个屠户大概是为了赎罪而请他去供养。"放下屠刀，立地成佛"这句话很多人都知道，但真正明晓其中道理，并能在现实中面对和应用的，却还是少数。其实，我们即便撇开"佛性"这样的玄奥概念不讲，仅从善与恶的分辨上，也能明白这个道理。一个人，怎样算是善，又怎样算是恶？其实并没有固定不变的标准。我们称颂的英雄，仅凭杀不杀生来定善恶，本身就不足凭。而且，善恶即便在同一个人的身上，也不是一成不变的。此时他行善事，他就是一个善良的人。彼时他行恶事，他就是一个恶人。一个屠夫，屠宰为业，从善待所有生命的角度来说，他是在造恶。但当他放下屠刀，供僧为善的时候，他就又是善的了。

玄素禅师的这个故事，在现实中很有代表性。如果一个僧人能够圆满地解决这个问题，其他很多修行中的问题，也就不难解决了。

南宗北宗,都是禅宗　　释普济

北宗神秀①禅师者,开封人也。姓李氏。少亲儒业,博综多闻。俄舍爱出家②,寻师访道。至蕲州双峰东山寺③,遇五祖④以坐禅为务,乃叹伏曰:"此真吾师也。"誓心苦节,以樵汲自役⑤,而求其道。祖默识之,深加器重。祖既示灭,秀遂住江陵⑥当阳山。唐武后⑦闻之,召至都下⑧,于内道场⑨供养,特加钦礼。命于旧山置度门寺,以旌其德。时王公士庶皆望尘拜伏。暨中宗⑩即位,尤加礼重。大臣张说尝问法要,执弟子礼⑪,师有偈⑫示众曰:"一切佛法,自心本有。将心外求,舍父逃走。"神龙二年于东都天宫寺⑬入灭⑭,谥大通禅师。羽仪法物,送殡于龙门,帝送至桥,王公士庶皆至葬所。张说及征士卢鸿一各为碑诔,门人普寂、义福⑮等,并为朝野所重。

《五灯会元》卷二

【注释】

①北宗神秀:即五祖弘忍弟子神秀禅师。

②舍爱出家:舍弃所爱的亲眷及事业而出家为僧。

③双峰东山寺:在今湖北黄梅县境内。

④五祖:指弘忍禅师。

⑤以樵汲自役:指神秀禅师砍柴挑水的劳动。

⑥江陵：即今荆州。

⑦唐武后：指武则天。

⑧都下：指都城。

⑨内道场：设在皇宫内的寺院。

⑩中宗：李显（656~710），原名李哲，唐朝第四位皇帝，唐高宗李治第七子，武则天第三子。

⑪执弟子礼：如同弟子一样恭敬行礼。

⑫偈：佛教术语，定字数结四句者。不问三言四言七言乃至多言，必须是四句。如《金刚经》中有四句偈等。

⑬东都天宫寺：东都，指洛阳。天宫寺，洛阳城内的寺院。

⑭入灭：死亡，也称圆寂等。

⑮普寂、义福：神秀禅师直传弟子。普寂在世时被称为"禅宗七祖"，是荷泽神会论辩攻击时的直接对象。

【赏读】

此篇开首便称"北宗神秀"，可见执笔人非神秀弟子及其传人，而是所谓"南宗"的后人了。神秀甚至惠能，他们在世时，谁也没有将自己称为"北宗"或"南宗"。这样的人为划分，不过是两位禅宗祖师都离世几十年后，由先投神秀后投惠能的禅僧神会和尚为争所谓的"禅宗正统"之位，发起对神秀一脉的论辩攻难时所采用的贬称。想来，作为宣讲出世法的佛教宗派，本应该远离名位利益之争，却不想神会等僧徒，竟以所谓"顿""渐"之修行方法和主张不同，而进行攻难讨伐。岂不知所谓"顿""渐"，犹如建造楼宇时的方法过程，如果没有牢固的房屋基础，柱梁的支撑以及阶梯的连接，这些"渐修"功夫，如何能够有登堂入室、凭栏远望的"顿悟"境界？

其实，我这里也不过是因为接触到一些禅宗的历史考证资料后，有点为神秀一脉的无辜被贬抑而抱不平而已。

这篇记述神秀禅师的公案故事，虽然简短，但还算比较客观公允。介绍了神秀的籍贯出身，以及跟随五祖弘忍刻苦修学的情景。弘忍寂灭后，神秀移住到江陵的当阳山，成为当时的禅宗新领袖，并且受到皇族士大夫们的崇拜礼敬，呼为"六祖大师"。他的接法弟子普寂、义福等，也在神秀圆寂后享有很高声誉，普寂则被呼为"禅宗七祖"。荷泽神会也正是有感于普寂的被尊崇，自身的被冷遇，才要发起攻难之战的。

揭开历史的幕布，面对一些被刻意粉饰或掩饰的真相，不免令人惊诧唏嘘。而最先"大不敬"做这件事的，是大名鼎鼎的学者胡适之。

当然，当他在半个世纪前将自己考据到的真相说出时，也遭到了国内僧界的一片责难。但由此，那个纸糊的坚固金身，便开始有了可以洞悉的窟窿。

只是，当定下心来细细回味时，又开始知道，尽管有那些人为的历史瑕疵在那里，但毕竟中国禅的精神，仍如夜空中的星斗，其光辉无可掩藏。

无论神秀还是惠能，也不管北宗还是南宗，都是中国禅这片天空上不可遮挡的巨星，谁也不能遮挡住谁的光芒。

神秀说："一切佛法，自心本有。将心外求，舍父逃走。"

惠能说："一切般若智，皆从自性而生，不从外入。"

白云散处 释普济

五台山①巨方禅师②,安陆③人也。姓曹氏。幼禀业于明福院朗禅师。初讲经论,后参禅会。及造北宗,秀问曰:"白云散处如何?"师曰:"不昧④。"秀又问:"到此间后如何?"师曰:"正见一枝生五叶。"秀默许之。入室侍对,应机无爽。寻至上党⑤寒岭居焉。数岁之间,众盈千数。后于五台山阐化二十余年,示寂,塔于本山。

《五灯会元》卷二

【注释】

①五台山:位于山西省东北部忻州境内。
②巨方禅师:北宗神秀禅师弟子。
③安陆:今湖北孝感安陆市。
④不昧:不忘或不背离。如"拾金不昧"等。
⑤上党:在山西东南部,今长治市地界。

【赏读】

巨方禅师,也是五祖之后北方禅宗领袖神秀的主要弟子之一,他的主要弘化区域,在山西的五台山地区。当他去拜谒神秀的时候,神秀问他,白云散处如何?他就回答,不昧。也就是不忘或不背离。神秀又问,你到这个地方之后又如何呢?巨方答,刚好看到了一枝生五叶。于是，神秀默许之，也就是认可了他的所答。这样，他就算通过了老师的答辩考试，正式作为神秀的弟子而随侍身边。后来，他离开神秀，到了上党的寒岭那里住下来，几年之间，就有上千的学禅者聚集过来。这说明巨方禅师得到了神秀的禅法真谛，从而成为了五台山地区的禅宗导师。

在这则公案中，"一枝生五叶"似乎是一个暗喻，是指禅宗作为佛教中的"一枝"，在此后的发展中会生出五个流派，也就是所谓的"五叶"。这个说法，在禅宗的公案记述中出现很多。在有关达摩的篇章中，早就有"一枝分五叶，花开自然成"的说法。其实，这都是后来撰写禅宗公案的人给安上去的。因为不可考证，不能证实也不能证伪，我们就只好权且听之。当然，如果将这些所谓的预言去掉神话的成分，当作历史的一份总结，大概会更加妥当。

这里唯一不容易弄明白的是"白云散处"。或者，不应该将这句神秀的问话，当作实指，当作对于巨方之前居处的询问，而只当作虚拟提举。而巨方所答"不昧"，也算是不着相的虚对。在禅宗早期的师徒应答中，这样的例子很多。师徒之间，此是勘验也是较量，谁也不会客气。看似刀枪无情，却又春雨花飞。

有佛有魔 释普济

兖州①降魔藏禅师②,赵郡③人也。姓王氏。师七岁出家,时属野多妖鬼,魅惑于人。师孤形制伏,曾无少畏,故得降魔④名焉。即依广福院明赞禅师落发。后遇北宗盛化,便誓抠衣。秀⑤问曰:"汝名降魔,此无山精木怪,汝翻作魔邪?"师曰:"有佛有魔。"秀曰:"汝若是魔,必住不思议境界。"师曰:"是佛亦空,何境界之有!"秀悬记之曰:"汝与少皞之墟⑥有缘。"师寻入泰山⑦。数稔,学者云集。一日告门人曰:"吾今老朽,物极有归。"言讫而逝。

《五灯会元》卷二

【注释】

①兖州:在今山东济宁,为古九州之一。

②藏禅师:北宗神秀门下弟子。

③赵郡:指今河北邯郸至赵县等地。治所历代有变,隋之后改称赵州。

④降魔:所谓妖魔鬼怪,多在人心。此处借喻藏禅师少年胆大,无所畏惧。

⑤秀:指神秀,禅宗五祖弘忍弟子,北宗祖师。

⑥少皞之墟:古地名,在今山东曲阜。

⑦泰山:位于山东泰安市中部,为五岳之东岳。

【赏读】

　　这篇公案，记述了中国禅北宗祖师神秀的弟子降魔藏禅师的事迹。当然，从禅宗历来的主张来看，所谓魔，所谓鬼怪，都是起自于心，谓之"心魔"。所谓降魔，也就是善于降服心魔而已，这就是所谓的修行。这与民间的魔怪传说，是不同的。怎么证明这位藏禅师的降魔功夫呢？当然是从他与神秀禅师的对话应答中显现。在唐代安史之乱之前，五祖弘忍圆寂之后，居于领导地位的禅宗领袖是神秀，他被当时的教内教外奉为"六祖大师"。此时，藏禅师虽然有个"降魔"的名头，但那不过是个江湖名号罢了。于是，他去拜谒神秀。神秀劈头便问："你名为降魔，但我这里没有山精木怪，你怎么降魔？"藏禅师就说，只要有佛的地方，就会有魔。神秀说，你如果是魔，必然住在不可思议的境界中。藏禅师又从容应答道，佛也是空的，又有什么境界不境界的呢！真是对得绝妙，神秀不得不承认，他确实是一个悟性超众的僧人。便对他说，你与泰山曲阜那里的少皞之墟有缘，到那里弘法去吧。于是，藏禅师就到了泰山。数年后，他身边便聚集了不少的修学禅法者，成为了一方禅宗导师。

　　据史料记载，降魔藏禅师在九十一岁时圆寂于泰山的灵岩寺。灵岩寺就是他传授禅法的道场。当然，他传授的不是后来流行的"直指人心，见性成佛"的南禅，而是来自神秀"时时勤拂拭，莫使惹尘埃"的北禅，注重真修实证的次序功夫，具体的也就是要坚持坐禅。在坐禅中，人就很容易困倦，于是他在灵岩寺就开始教导大家煮茶，以驱乏解困，故而有人考证认为，"禅茶一味"这个主张，不是宋代的圜悟克勤禅师最早提出的，而是这位降魔藏，他才是将禅与茶结为一体的创始者。直到今天，在中国的隐居者圣地终南山里，还有一支"煎茶道"在流行着，他们所奉的"煎茶道祖师"，就是这位降魔藏禅师。

破灶堕 释普济

嵩岳①破灶堕和尚，不称名氏②，言行叵测③。隐居嵩岳，山坞有庙甚灵。殿中唯安一灶，远近祭祀不辍，烹杀物命④甚多。师一日领侍僧入庙，以杖敲灶三下曰："咄！此灶只是泥瓦合成，圣从何来？灵从何起？恁么烹宰物命。"又打三下，灶乃倾破堕落。须臾⑤，有一人青衣峨冠⑥，设拜师前。师曰："是甚么人？"曰："我本此庙灶神，久受业报⑦。今日蒙师说无生法，得脱此处，生在天中，特来致谢。"师曰："是汝本有之性，非吾强言。"神再礼而没。少顷，侍僧问曰："某等久侍和尚，不蒙示诲。灶神得甚么径旨，便得生天。"师曰："我只向伊道是泥瓦合成，别也无道理为伊。"侍僧无言。师曰："会么？"僧曰："不会。"师曰："本有之性，为甚么不会？"侍僧等乃礼拜。师曰："堕也！堕也！破也！破也！"后义丰禅师⑧举似安国师⑨，安叹曰："此子会尽，物我一如。可谓如朗月处空，无不见者。难构伊语脉。"丰问曰："未审⑩甚么人构得他语脉？"安曰："不知者。"时号为破灶堕。

《五灯会元》卷二

【注释】

①嵩岳：指河南登封境内的嵩山。
②不称名氏：不说出自己的姓名法号。

③言行叵测：说话做事让人不可预测，指不按常规办事说话。

④烹杀物命：杀害生命，烹煮祭祀。

⑤须臾：过了一会儿。

⑥青衣峨冠：青衣，一般指地位低下者所穿服饰。峨冠，指高大的帽子。这里"青衣""峨冠"连用，指有职位但又不高。

⑦业报：佛教的重要理论术语之一，指人的一言一行所招致的善恶苦乐果报，被称为业报。故而，民间有所谓"善有善报，恶有恶报"之说。

⑧义丰禅师：与破灶堕和尚同时代的一位禅僧。

⑨安国师：即慧安国师（582~709），唐代高僧，又称老安、大安。俗家姓卫，是荆州支江（今属湖北）人。慧安师从禅宗五祖弘忍，乃是五祖门下十大弟子之一。先在黄梅受法，后至终南山，再居嵩岳寺。唐神龙二年（706），被召入宫廷供养，待以国师礼。三年后辞归，不久圆寂。慧安在世127个春秋。时人尊他为"安国师"或"老安国师"。

⑩未审：不知道。

【赏读】

这篇公案故事，有点奇幻。之所以说其奇幻，是因为其在宣扬禅门不迷信鬼神偶像的同时，却又制造出一个"灶神"来，还让这个造出来的神"现身说法"，帮自己证实"破灶"的正确性，这是很值得把玩的一件事。敢情，"不破不立"的精髓，全在这个"立"字上。破旧，就是为了立新啊。如此的一个对比分析，真是大巫小巫，古今一如了。但是，考虑到这位破灶堕是生活在千年之前，在他当时的社会背景下，能够如此地去"革命"一下，也已经是一位很勇敢的和尚了，不然，也不会由此而赢得生前身后名，还被大名鼎鼎的老安国师点评称赞了一番。

至于这位破灶堕与侍僧们的对话，算是了解这位奇幻和尚修学方面的窗口。如果读过了前面的公案，和尚口中的道理，其实也不陌生。侍僧们见灶神因被师父敲打而升到天上去了，就抱怨说，我们整天跟着你，你却什么道理也不与我们说。这灶神得了什么捷径，就能升到天上去？破灶堕说，我只是告诉他那灶不过是泥瓦合成而已，别的什么也没说。侍僧们不吱声了。破灶堕却反问，明白了吗？侍僧老实答道，不明白。破灶堕于是呵斥，这不过是本有之性嘛，你们为什么还不明白？大家见师父喝问，只好跪地礼拜。于是，这位破灶堕和尚便大声地唱起了歌：堕也！堕也！破也！破也！

　　这件事后来被一位叫义丰的禅师报告到老安国师那里，老安国师叹道，这和尚真是明白透顶了啊，物我一如，如同明月升在空中，没有看不到他的。只是，我却看不出他到底是什么路数来头哦。义丰问道，那什么人才能看出他的路数来头呢？老安说，不知者。

　　从此后，这位不称名姓的和尚，就有了一个"江湖名号"——破灶堕。

惟求作佛　法海①

祖②问曰："汝何方人，欲求何物？"惠能③对曰："弟子是岭南新州④百姓，远来礼师，惟求作佛⑤，不求余物。"祖言："汝是岭南人，又是獦獠⑥，若为堪⑦作佛？"惠能曰："人虽有南北，佛性本无南北。獦獠身与和尚不同，佛性有何差别？"五祖更欲与语，且见徒众总在左右，乃令随众作务⑧。

《六祖坛经·行由第一》⑨

【注释】

①法海：在《六祖坛经·付嘱第十》开首，有"师一日唤门人法海、志诚、法达、神会、智常、智通、志彻、志道、法珍、法如等"字句。此处的"法海"，应为该经中所记述的惠能弟子法海，而非传说中的唐代宰相裴休之子或戏剧《白蛇传》中的法海和尚。不过，在南禅宗的宗谱图中，是没有法海这个名字的，这个情况，更证实了《六祖坛经》所记的这个法海，也是神会等人杜撰出来的人物。人物既然不存在，故事当然也就当不得真了。

②祖：此处指禅宗五祖弘忍。

③惠能：五祖弘忍的未剃度弟子，俗称行者。后来成为禅宗主导潮流的"南宗禅"创建者，被其弟子神会树为"六祖大师"。

④岭南新州：指今广东新兴县一带。

⑤惟求作佛：只求成佛。

⑥獦獠：古代对南方少数民族的称呼，亦泛指南方人。《新唐书·南蛮》记述："戎、泸间有獦獠，居依山谷林菁，逾数百里。俗喜叛，持牌而战，奉酋帅为王，号曰婆能，出入前后植旗。"这里的"戎"指戎州，州治在今四川宜宾；"泸"指泸州，当年居住在那里的"獦獠"，已经演变成为今天的仡佬族。

⑦堪：可以，能够，足以。如"堪当大任""不堪设想"等。

⑧随众作务：跟随着大众一起去劳动。

⑨《六祖坛经》：亦称《六祖大师法宝坛经》，全称则是《南宗顿教最上大乘摩诃般若波罗蜜经六祖惠能大师于韶州大梵寺施法坛经》。至于该经的作者，后世有不同的说法。第一种说法是，其为惠能的掌门弟子法海所辑录；第二种说法是，惠能的另一位弟子神会所撰写。根据近代学者胡适先生的考据发现，一般认为后者（神会）撰写的可能性更大些，而"法海辑录"只是一个假托而已。

《六祖坛经》的主要内容，是以惠能自述与问答的形式，介绍惠能得法传法的事迹及启导门徒的言教，是后世研究禅宗思想渊源的重要依据。《六祖坛经》分三部分：第一部分，即在大梵寺开示"摩诃般若波罗蜜法"；第二部分，是回曹溪山后，传授"无相戒"；第三部分，是六祖与弟子之间的问答。

《六祖坛经》是中国佛教著作中唯一被尊称为"经"者。主张佛性本有、见性成佛，"以定慧为本"，"佛法在世间，不离世间觉"。指出"法即一种，见有迟疾"，"法无顿渐，人有利钝"。其佛性本有思想与《涅槃经》"一切众生悉有佛性"之说一脉相承。

【赏读】

在赏读诸如《六祖坛经》或其他灯录中的公案故事时，必须抛开现代考据中有关故事真伪以及历史人物存否的复杂纠缠，才能"就事论事"地轻松讨论。这则故事也是一样，我们只能就事论事，只讨论文本本身的意义和价值，而不管其他。不然，就会陷入越说越糊涂的故纸堆中挣脱不出了。

这是取自《六祖坛经》惠能自述的一段话。他在诸多信众面前，回忆他初到黄梅那里时的情景。五祖弘忍问他：你是哪里人啊？来我这里想得到什么？惠能就答说：弟子是岭南新州的百姓，来此礼拜您，只求成佛，不要别的东西。弘忍听了这样的回答，大概感到有点惊诧吧，就用带点嘲弄口气对他说：你来自偏僻荒蛮的岭南，又是个不开化的野人，怎么能够成佛呢？惠能听了五祖这话，大概也是有点难堪而且愤慨，就争辩道：人虽然有南北之分，难道佛性也有南北吗？獦獠长得虽然与和尚您不一样，但佛性难道也有差别吗？五祖听了，本想再说点什么，但看身边总有人来去走动，就打发他去随着众人作务劳动了。

于是，惠能这"惟求作佛"的豪言壮语，就成为了后世其他僧徒的榜样。他那"佛性本无南北"的说辞，更是不知激励了多少想要成佛做祖者。

我甚至想，中国禅宗发展到后来，出现了一个颇为引人注目的现象：狂禅。是不是惠能的这番答辩说辞，正是狂禅的一个肇始呢？

这就是南禅宗所宣讲的"佛性本有"思想，是与《涅槃经》中"一切众生悉有佛性"之说一脉相承的。其实，作为禅门中人，狂与不狂，不是问题。问题是是否把握了这个"佛性本有，不假外求"的根本。禅宗在发展的过程中，一枝五叶，出现了一个临济宗，特点是敢于"呵祖骂佛"，也算是狂禅的一种，其思想依据就是"不崇拜权威偶像，只相信自己的内心"，很有点彻底破除各种迷信的劲头。譬如著名的禅宗公案"丹霞烧佛"等，就是例子。

哪个是正眼 大慧宗杲①

麻谷②问临济③:"大悲千手眼④,哪个是正眼?"济曰:"大悲千手眼作么生⑤是正眼?速道速道。"谷拽济下禅床。却坐⑥。济遂近前云:"不审⑦。"谷拟议⑧。济便喝,拽下禅床。却坐。谷便出去。

《正法眼藏》⑨卷第三

【注释】

①大慧宗杲(1089~1163):宋代临济宗杨岐派僧人。字昙晦,号妙喜,又号云门。俗姓奚,宜州(今属安徽)人。辩才无碍,平日致力于公案禅法,其禅法被称为"看活禅"。隆兴元年(1163)八月入寂,谥号"普觉禅师"。

②麻谷:唐代禅僧,与临济禅师同时代人,生卒年不详。

③临济(?~867):指唐代著名禅僧临济义玄。俗姓邢,法名义玄。因居镇州(今河北正定)滹沱河畔临济院,世称临济义玄。曹州南华(今山东东明)人。唐咸通八年(867),在大名府兴华寺圆寂。

④大悲千手眼:指千手千眼观世音菩萨。

⑤作么生:大意为"如何,怎么样"或"干什么"。"生"是古代的一个语助词,没有实际意义。禅宗的语录公案中,常见此语。

⑥却坐:在此处解作"将他人拽开,自己坐下"。

⑦不审：不知道，不清楚。
⑧拟议：想要发表意见。
⑨《正法眼藏》：宋代大慧宗杲撰，六卷。为古代高僧之机缘法语集，总计百余篇，并附短评。一般认为该书乃绍兴十一年（1141）大慧宗杲闲居于衡阳（今属湖南）时，编集所成。

【赏读】

禅门中高手呈机锋，犹如武林中高手过招。看着风平浪静，其实险象环生。

麻谷去问临济义玄："大慈大悲的观世音菩萨，据说有一千只手一千只眼，你说，哪只眼是正眼？"这临济义玄也不示弱，反口就问："如何才是大慈千手眼的正眼？快说快说。"不给麻谷分秒喘息的时间。麻谷就一步上前，将义玄拉下禅床，自己坐了上去。临济禅师被拉拽离座，却又走上前来对麻谷说："看来，你不知道了吧？"麻谷刚想要与他分辩，临济便大喝连天，反手又将他拽下禅床，再坐回原来的位子上去。到了这个时候，麻谷只好抬腿出门去了。

此段禅门公案，让我不由想起不久前在北京到长春的动车上听到的一段对话。他们是我的邻座，一男一女。男的长发披肩，不修边幅，是我在大理、丽江所熟悉的那种流浪艺术家模样。女的则短发干净，衣装整肃，一看就是个白领，大概会是学校教师或机关人员。女人说，这次回去，一定要先把房子的事情解决了。男人说，怎么解决，我没有那么多的钱啊。女人急说，找你家里想想办法嘛，我们总不能一直这样吧。男人半天不语。女人就又说，当初在校时，我可是觉得你很优秀的啊。男人反问，什么算是优秀？我现在不优秀吗？这次轮着女人不语了。

两个故事，两段对话。一个在千年前，一个在当下。本来似乎毫不相干，但被我如此链接在一起时，就有了各自的不同以及彼此的相通。一个问"哪个是正眼"，另一个问"什么算优秀"，虽词义有别，但其情景却又相似相通。

大慈大悲的观音的千只眼中，若有一只正眼，这正眼就会与其他眼不相同吗？在大千世界中，没有钱的男人，即便能写会画，能歌善舞，那到底还算不算优秀？如果优秀，又如何会没有可以买房的钱呢？

很多时候，这看似简单的问题，我们却难以寻到一个满意答案。而难以寻到答案的问题，其实它有时根本就不是问题。因为答案往往更简单。

简单而不能道出，又说明世间事哪里会是简单的呢？哦，写到此，不由又想到四个字：幸福在心。

简单与复杂，问题与答案，不过存乎一心而已。

卷二

风吹幡动

仁者心动 法海

一日思惟:"时当弘法,不可终避①。"遂出至广州法性寺;值印宗法师②讲《涅槃经》③。时有风吹幡④动,一僧曰风动,一僧曰幡动,议论不已。

惠能⑤进曰:"不是风动,不是幡动,仁者心动。"

一众骇然,印宗延至上席,征诘奥义,见惠能言简理当,不由文字。

宗云:"行者定非常人,久闻黄梅衣法⑥南来,莫是行者⑦否?"

惠能曰:"不敢!"

宗于是作礼,告请传来衣钵⑧,出示大众。

《六祖坛经·行由第一》

【注释】

①时当弘法,不可终避:根据《六祖坛经》中的惠能自述,他自黄梅五祖弘忍那里逃到广东的四会山中,在猎人队伍中躲藏了十五年之久。这里意指他十五年后的某一天,想到不可继续这样终日躲藏下去,应该出山去宣扬学到的佛法了。

②印宗法师:当时的广州法性寺住持和尚,亦是惠能的实际剃度师。

③《涅槃经》:该经是佛教经典的重要部类之一,有大乘与小

乘之分。西晋后出现了多种不同版本的大乘《涅槃经》译本，其中影响较大者有三：一是东晋僧人法显和觉贤合译的《大般泥洹经》六卷，但该译本不是《涅槃经》的全译，只是译了原经初分的前五品；二是北凉著名译经师昙无谶所译《大般涅槃经》四十卷，该译本首次将原经的完整面目现于中土；三是南朝宋元嘉年间僧人慧严、慧观与诗人谢灵运等根据上述两译本进行改编的《大般涅槃经》三十六卷，又称作《南本涅槃经》。

④幡：与"幢"同为供养佛菩萨的道具，用以象征佛菩萨威德。在经典中多用为降魔的象征。

⑤惠能（638～713）：俗姓卢，唐新州（今广东新兴县）人，被后世禅徒尊为中国禅宗六祖。据《六祖坛经》所载，其二十四岁闻《金刚经》后，辞母北上湖北黄梅谒五祖弘忍，并以一首"菩提本无树，明镜亦非台。本来无一物，何处惹尘埃"的诗偈得弘忍认可，夜授《金刚经》，密传达摩衣钵信物于他。弘忍圆寂十多年后，惠能开始在广州一带弘法授徒，传播"不立文字，教外别传，直指人心，见性成佛"的顿悟法门。他用通俗简易的修持方法，取代烦琐的义学，形成了影响久远的南宗禅，并最终在其门人神会等人的努力下，取代弘忍的另一弟子神秀禅师的北宗禅，成为中国禅宗的主流派。惠能的思想主张，集中体现在其门人撰写的《六祖坛经》中。

⑥黄梅衣法：这里主要指惠能从五祖弘忍那里继承来的佛法精神。

⑦行者：按照字面意思，是指行走在路途上的所有人。但作为佛门用语，一指行脚乞食的苦行僧人，次指出家修行但未经过剃度的佛教徒。此处指后者。

⑧衣钵：衣指袈裟，佛教僧人所着衣饰；钵指钵盂，古代僧侣所用食器。《金刚经》云："尔时世尊食时，着衣持钵，入舍卫大城

乞食。于其城中次第乞已，还至本处。饭食讫，收衣钵。"此处指五祖弘忍交付给六祖惠能的接班人信物证明。

【赏读】

在我所居的十一层楼临窗处，能俯瞰到不远处街上匆匆的行人和川流不息的各种车辆。当我写到这段公案的时候，不由得凝视着路面上的车流行人，很久很久。

那些行人，那些车辆，在我视野里的他们或它们，是在不断动着的。但，他们或它们，是真的在动吗？还是如惠能所说，那只是"仁者心动"？

这段公案在南禅宗的历史上，是很重要很关键的。为什么说它很重要很关键呢？因为它指明了南禅宗的一个关键理念：彻底的唯心论。

唯心论的核心理念，就是认为世界是依附于意识而存在的。这段公案就是一个很好的说明。依据《六祖坛经》上的记载，惠能在四会山的猎人队伍中待了十五年后，觉得没有危险了，可以出山弘法了，于是就来到广州的法性寺那里。刚好，该寺的住持印宗法师正在讲说《涅槃经》。有两个听讲不太认真的僧人，头脑开了小差，看到风吹幡动就争论起来，一个说是风动，一个说是幡动。惠能刚好听到，就说，不是风动，也不是幡动，而是你们两位的心在动啊。

他这样一说，顿时大家都不说话了，都愣住了。正在讲经的印宗法师也听到了，于是起身离座，向这位穿着山野粗服的男子诘问有关佛教的问题，对方答得简洁得当，便想到曾听说黄梅弘忍的衣法南来这个传闻，就问这位语出惊人的行者，说：难道你就是那个黄梅五祖的衣法传人吗？惠能说"不敢"，也就是承认了自己的这个身份。于是，印宗法师从惠能那里拿过作为禅宗接班人的"衣钵"给大家看，公开确认了惠能的"六祖"身份。然后，又为他举行了剃度更衣的仪式。自此，惠能才算正式地成为了一名僧人，完成了成为禅宗领袖的基本程序。

这一段公案的重要性堪比禅宗源头的"拈花微笑"，因为，这是惠能逃亡隐匿十五年后，首次显露并证明自己作为禅宗五祖弘忍接班人的身份，也由此宣示和奠定了中国南禅宗顿悟法门"直指人心"的基本主张和方向。

既然是"直指人心"，那么心之外的，就都是幻化的表象了。心门关闭，万象俱灭。我于是试着关闭心的门，首先是关闭双目。果然，外面的全部世界，包括那些流动的车和行走的人，便都消失了，不动了。

有学者将六祖惠能与古希腊客观唯心主义哲学家柏拉图相提并论，指出：他们都强调"心"的作用，他们都认为在"心"之外是无物存在的。

但这个世界真的不动了吗？当我开启双目再看街上的行人、车辆，依然在动。只不过此时的"动"，已经不是彼时的"动"了。

诸佛妙理,非关文字　法海

师①自黄梅得法,回至韶州②曹侯村,人无知者。

有儒士③刘志略,礼遇甚厚。志略有姑为尼④,名无尽藏,常诵《大涅槃经》⑤。师暂听,即知妙义,遂为解说。尼乃执卷问字。

师曰:"字即不识,义即请问。"

尼曰:"字尚不识,焉能会义?"

师曰:"诸佛⑥妙理,非关文字。"

《六祖坛经·机缘第七》

【注释】

①师:此处指惠能。

②韶州:今广东韶关。

③儒士:泛指读书有学养之人。

④尼:比丘尼。

⑤《大涅槃经》:大乘佛教经典之一。亦称《大般涅槃经》,简称《涅槃经》。北凉昙无谶(385~433)译。四十卷。

⑥诸佛:按照大乘佛教的说法,释迦牟尼之前,就有过诸多的佛,称为过去佛,如燃灯佛等。释迦牟尼之后,还会有诸多的佛出现,称为未来佛,如弥勒佛等。

【赏读】

　　这段故事的叙述方式，不再是惠能的自述，而是以其弟子的口吻进行的他述：惠能在黄梅弘忍那里得到衣钵后，悄悄地回到广东韶州，也就是今天韶关一个叫曹侯村的地方。没人知道他是干什么的。有一个读书人叫刘志略的，对他很是虔敬，就引他去见自己出家的姑姑无尽藏。这位无尽藏比丘尼，常常读诵《大涅槃经》。惠能听了她的读诵，就能明白经文中的含义，并为这位比丘尼解说。于是，这位无尽藏比丘尼就拿着经卷向惠能讨教，问他上面自己不认识的字句。这下难住了惠能，因为他根本一字不识。于是，惠能只好说，字我不认识，但经义你只管问吧。无尽藏当时眼睛一定瞪得很大很大吧，就说，你连经上的字都认不得，又怎么能知道经中的意思呢？惠能便说出了后来影响禅宗千百年的一句话："诸佛妙理，非关文字。"也就是说，无论释迦牟尼佛还是其他佛说的微妙道理，都是与文字不相关的。

　　这句话，如果单纯地从理论上讲，是没有问题的。你想啊，文字、语言，以及其他的符号标识，不过都是些记载或传达事理的工具而已，而非事理本身。在没有文字之前，你不能说就没有事理存在吧。

　　不过，后世的学者们对这段话还是产生了不少的争议。因为对绝大多数人来说，不要说一字不识就能知道经典中的妙理，就是全部的字都认识，甚至背诵得滚瓜烂熟，也不一定就能理会经文的具体含义。所以，惠能在中国乃至世界历史上，不说是绝无仅有的一个，起码也是少之又少的那一个"神人"了。

　　但这个少之又少，却是建立在他去世几十年后由他的弟子撰写的文字里，并且属于基本无法验证的样例。

　　这里，比较明显的除了作为弟子对师父进行美化的原因而外，还有着浓重的神话色彩。因为非常人可为，也就不可依常理去进行讨论和言说。更何况，这部《六祖坛经》本身，就是惠能的弟子神会和尚，为了与弘忍的直传弟子神秀争夺所谓正统地位而撰写出来的。

就整个一部《六祖坛经》而言，依其理论思想观察，是反迷信而破除权威的；但从人物事迹的构撰上看，特别是在对于六祖惠能的故事描述上看，却又是无处不迷信，无处不神话了的。这样的矛盾不能自圆其说处，非止一二。

所以，在我的感觉中，如果将《六祖坛经》当作一部小说去读，而非神圣不能有半点质疑的禅门典籍，将会更加让人乐于接受并心生欢喜。

不落阶级 法海

行思禅师①，生吉州安城②刘氏。闻曹溪③法席④盛化，径来参礼，遂问曰："当何所务，即不落阶级⑤？"师曰："汝曾作什么来？"曰："圣谛⑥亦不为。"师曰："落何阶级？"曰："圣谛尚不为，何阶级之有？"师深器⑦之，令思首众⑧。一日，师谓曰："汝当分化一方⑨，无令断绝。"思既得法，遂回吉州青原山⑩，弘法绍化。

《六祖坛经·机缘第七》

【注释】

①行思禅师（671~740）：六祖惠能弟子，俗姓刘，唐佛教禅宗高僧，庐陵（今江西吉安）人。住吉安青原山净居寺，四方禅客云集。世称青原行思，为六祖下弘传最盛的两大法嗣之一，其后出云门、曹洞、法眼三大宗门。

②吉州安城：今江西吉安市吉安县。

③曹溪：水名。在广东省曲江县东南双峰山下。因六祖惠能在曹溪宝林寺演法而得名。据史料记载，惠能在曹溪住持达四十年之久，后世传说中有诸多遗址遗迹，如脚印、避难石、开悟泉、菩提树等。

④法席：指讲解佛法的座席，亦泛指讲解佛法的场所。与"法筵"等词意思近似。

⑤阶级：这里指等级或台阶，而非"社会阶级"中的那个"阶级"。

⑥圣谛：即圣者的真谛。圣，意为神圣的、尊贵的。谛，意为真谛、真理、真实。

⑦深器：深深器重。

⑧首众：众人之首，亦称首座。

⑨分化一方：指从六祖惠能的曹溪道场分别出去，传教于另外的一个地方。

⑩青原山：位于江西吉安境内。行思禅师离开曹溪后，驻锡在此山净居寺，禅者云集，演化出后来的南禅宗三大宗门派别。

【赏读】

这段公案，可以理解为老师与学生之间的面试辩答，这是禅宗当时很流行的相互检验是否"契合有缘"的方法。一般是学生先向老师提问，老师作答。但禅门就是禅门，与其他地方全不一样。所有的成规，在这里都会被随时打破。有时两人一个照面，老师不等学生来问，就先来个下马威，劈头呵斥，或者拉弓舞剑进行威吓，也是有的。就在这外人看来似乎风马牛不相及的问答、沉默或棒打呵斥中，师生、师徒之间的互验便完成了。契合有缘者，当下有悟，追随不舍。不契无缘者，扭头便去，重新寻觅开悟的机缘。

这段公案里，就是通过这样一场短暂的对话，惠能与行思相互问答，前者为后者印证，并最终令后者分化一方。行思的接法弟子为石头希迁。希迁之后，历代高僧辈出，先后演化出对后世禅宗产生巨大影响的曹洞、法眼和云门三宗。

南能北秀　法海

　　时，祖师居曹溪宝林①，神秀大师在荆南玉泉寺②。于时两宗盛化，人皆称南能北秀，故有南北二宗顿渐之分，而学者莫知宗趣。师谓众曰："法本一宗，人有南北。法即一种，见有迟疾。何名顿渐？法无顿渐，人有利钝，故名顿渐。"然秀之徒众，往往讥南宗祖师，不识一字，有何所长？秀曰："他得无师之智③，深悟上乘④，吾不如也。且吾师五祖，亲传衣法，岂徒然哉！吾恨不能远去亲近，虚受国恩⑤。汝等诸人，毋滞于此⑥，可往曹溪参决⑦。"

《六祖坛经·顿渐第八》

【注释】

①曹溪宝林：指曹溪宝林寺。
②玉泉寺：指今湖北当阳玉泉寺。
③无师之智：不经师父传授的智慧。
④上乘：指层级。此处指最优秀的禅修者。
⑤国恩：国家的恩典、恩惠。
⑥毋滞于此：不要停留在这里。
⑦参决：参学决疑。

【赏读】

　　这则公案亦是南宗祖师惠能的后人所记述，假神秀大师之口，而肯定惠能虽"不识一字",但却"得无师之智"。这也是学者论辩中常常采取的方法。在《六祖坛经》面世之时,神秀与惠能这两个所谓的南北宗祖师,都已谢世圆寂许多年了。所以,后世子孙的言语记述,自然是青者说青,白者说白,无可检验。虽然如此,从这段公案中,我们还是可以看到,即便是青者说青的惠能后人,也不能真正地否定神秀在禅宗历史上的地位和宽阔的心胸气度。两宗(主要是南宗)后来为所谓正统地位而竞争,事实上是与这两位祖师不相干的,都是子孙所为。拼尽性命将惠能树立为中国禅宗六祖的神会和尚,在此也不得不承认,他的亲近惠能南宗禅法,正是他曾经的授业恩师神秀大师促成的。

  有时,当我陷身到这些禅门的历史故事中时,会不由自主地为神秀的北宗被淹没沉沦而悲戚叹息。若论当时的声望和影响,惠能因为身处南方偏远之地,根本无法与神秀及其弟子普寂等身处京都繁华备受抬举的情景相比较。但是,现实就是现实,历史就是历史。所有发生了的,都有着自身不可回转的宿命与因缘。神秀与惠能,南顿与北渐,孰优孰劣?我看这基本是一个伪命题。因为,在一个禅者的修行开悟的过程中,仿佛行脚参访,没有经历跋涉之苦,就想一步而抵达灵山妙境,如何可能呢?渐修才能顿悟。顿悟是渐修的结果,犹如十月怀胎一朝分娩,是一个道理吧。

  关键是,神秀身后无人。他的思想,他的言行,都在一时的显赫过后而被湮灭了。所以,世事的无常就常常表现为,一时的沉寂并非永久的沉寂,一时的繁华显赫也并不说明你能一直地繁华显赫下去。

  禅宗提倡"不立文字",但却又是万万离不得文字的。假设没有这本以文字的方式流传下来的《六祖坛经》,今天的我们,又岂能知晓这些历史中的是是非非或者珍珠砂砾?

好雪片片 圜悟克勤①

庞居士②蕴辞药山③。山命十人禅客④相送至门首,居士指空中雪云:"好雪片片,不落别处。"时有全禅客⑤云:"落在什么处?"士打一掌。全云:"士也不得草草。"士云:"汝怎么称禅客,阎老子未放汝在。"全云:"居士作么生?"居士又打一掌,云:"眼见如盲,口说如哑。"

《碧岩录》⑥卷五

【注释】

①圜悟克勤(1063~1135):宋代高僧。俗姓骆,字无著,法名克勤。崇宁县(今成都郫县)人。先后弘法于四川、湖北等地,晚年住持成都昭觉寺。声名卓著,皇帝多次召其问法,并赐紫衣和"佛果禅师"之号,后又赐号"圜悟",去世后谥号"真觉禅师"。克勤禅师在灵泉禅院碧岩室之时,曾集雪窦重显禅师的颂古一百则,并加垂示、著语、评唱,成《碧岩录》十卷,后世称赞此书为禅门第一书。

②庞居士:即庞蕴(?~808),字道玄,唐代著名在家禅者,马祖道一禅师法嗣,悟境甚高,世人称其为"庞居士",誉为达摩东来开立禅门之后的"白衣居士第一人"。他主要活动于唐德宗贞元至唐宪宗元和(785~820)年间,其"大隐于市"的传奇性禅修生活,不断为后世各种禅门典籍所记录、改写和添加。

③药山：即药山惟俨（751～834），或作惟俨。绛州（今山西省新绛）人，俗姓韩。十七岁时从慧照禅师出家。大历八年（773）从衡岳寺智澡禅师受具足戒。获法后住澧州（今湖南津市）药山，四众云集，禅风大振。朗州（今湖南常德）刺史李翱仰慕他的禅风，入山拜访，获示玄旨。后李翱撰《复性书》，把禅之义理引向儒家学说，始开宋明理学之先河。

④十人禅客：药山惟俨的十位弟子。

⑤全禅客：惟俨禅师的弟子之一。

⑥《碧岩录》：全称《佛果圜悟禅师碧岩录》，亦称《碧岩集》，宋代圜悟克勤禅师编著，共十卷。书的内容由重显禅师的百则颂古和圜悟的评唱组成。此书撰成后，在禅林享有盛誉，向有"禅门第一书"之称。

【赏读】

唐代的庞蕴居士，在中国的禅宗史上，大有其名。其行为事迹，经过历代禅僧或文士的加工演绎，诡异传奇，颇为引人瞩目。

这则"好雪片片"的禅语公案，记录了庞居士"借景言道"的禅悟传达方式。

如果按照当下的"寺院佛教"规矩，庞居士作为"白衣"，辞别药山惟俨禅师时，惟俨让十位弟子相送山门，已经是超规格了。而庞居士又假落雪说禅显露机锋，这在出家人看来，就更有点大不敬的味道。因为，在眼下很多僧人那里，是只讲究身份、地位，而不管你有无觉悟境界的。似乎，只要僧衣袈裟穿上，或者头上有一顶僧帽戴着，就马上高明起来，容不得你去"废话"。

不过，唐代的禅门风气，似乎与时下颇为不同。不但庞居士辞别时惟俨禅师要让十位弟子相送，而且庞蕴也不因自己的白衣居士身份而唯唯诺诺，不敢言说。看到雪花飘落，他马上就开始借机说法了:"好雪片片,不落别处。"十位相送的弟子中,也有不甘沉默的,就马上接了他的话头提问:"那么,却落在何处了呢?"

后世的僧人,对于禅有一个说法,叫作"一说就错"。于是,对于他人的提问,最好的回答就是不说。不说,对与不对且不去论,起码不会有错。由此,禅门里就有了许多奇怪的"答案"流传至今。譬如棒打、拳击、掌掴、挤眉弄眼、答非所问,等等,都成了家常便饭。庞居士既是名士,先儒后禅,自然也学得此法,不愿落入套中,就对"全禅客"的提问"打一掌"。再问,就再"打一掌"。但这个"打一掌"到底是什么意思,也是"不可说"的,只能由提问者自己去理会。不过还好,这位庞居士最后还是说出了八个字:"眼见如盲,口说如哑。"这可以说是一个比较靠谱的答案了。但也基本不可翻译。如果非要用现代汉语去理会,大概是"如果你用眼睛去看,就是瞎子。如果用嘴去说,那就是哑巴"。如此,是不是可以认为庞居士想要教人的正确方法,是"眼不要看,口不要说"呢?呵呵,这么说时,就又是错错错了。

这样悖论式的"不可说之说",其实在禅宗公案里面,俯拾皆是。如果你熟悉《金刚经》,并读懂了里面的"所谓佛法,即非佛法,是名佛法"这样的辩证逻辑,对于庞蕴居士的意思表达,也就不难明白了。

至于那"好雪片片,不落别处"的意蕴,如果我也如全禅客那样没完没了地去讨论"到底落在何处",大概收获的也只能是老庞的"打一掌"了。

婆子烧庵 释普济

昔有婆子供养一庵主,经二十年,常令一二八女子送饭给侍。

一日,令女子抱定,曰:"正恁么①时如何?"主曰:"枯木倚寒岩,三冬无暖气。"

女子举似婆②。婆曰:"我二十年只养了一个俗汉!"遂遣出③,烧却庵。

《五灯会元》卷六

【注释】

①恁么:当时俗语,如此或这么的意思。

②举似婆:告诉婆的意思。举,在这里有检举、告知之意。

③遣出:也就是"遣送",赶走。

【赏读】

这个"婆子烧庵"的禅门公案,颇为著名。这是因为,自这个公案故事发生以后,犹如"南泉斩猫"一样,广受僧俗两界的讨论争议。不同的人,站在不同的立场角度,使用不同的观点理念去观照、去解析,所得结论往往天上地下,不可同日而语。

那么,这个公案故事,到底在告诉我们一些什么呢?

让我们先用现代汉语,来大体地还原一下这个禅语故事的梗概脉络。

说的是，过去有一位会禅信佛的老婆婆，建庵供养了一位修行的僧人——庵主，并且这一供养就是二十年。她让一位年方二八的女子，每天给这位庵主送茶供饭，服侍起居。

一天，老婆婆令这位二八女子送饭时，抱住这位被供养的庵主，对他说："正如此时怎么样？快说！快说！"这庵主就答道："枯木倚寒岩，三冬无暖气。"什么意思呢？这位庵主对女子说，你抱着我啊，就像那枯干的树木倚靠着冰冷的石岩，我是丝毫没有温暖感觉的，当然也就无情无爱。

女子于是回去将这个经过告诉了老婆婆。老婆婆就说："我二十年只养了一个俗汉！"于是就去将这僧人赶走，一把火烧了庵房。

读了这个不算复杂的故事，有人就有点为这僧人打抱不平。当一个年轻的女子突然抱住他，要他说出当时的感觉，他说自己如冬日冰冷的岩石，不为所动，这难道也有错吗？那婆子就驱僧烧庵，是个什么道理？难道僧人要说自己内心沸腾才算正确？

这里面的奥妙之处，其实全不在这表面的文章上面。

在唐代的公案故事里面，僧人遇到厉害的禅婆子，遭到调侃戏弄，却最后开悟得道的，大有人在。这先是虔诚供养，而后怒烧庵房的婆子，自然也非等闲之辈。

一个禅僧，是否真的开悟，是否真的得道，其实是有一个无形的衡量标准摆在那里的。什么标准呢？就是南方顿悟派的始祖惠能和尚的那首悟道偈："菩提本无树，明镜亦非台。本来无一物，何处惹尘埃。"

重点在"本来无一物"上。你心中如果本来没有妄念、情欲，干干净净，又弄什么枯木啊寒岩啊做什么？这不是此地无银三百两吗？你是僧，但更是一个活生生的人。那些装神弄鬼糊弄人的彩头，只能说明，你还不过是一个俗家汉子罢了。既然如此，我老婆婆还要供养你做什么？

又据说，这位被驱逐的庵主，最后还是回到了被驱逐的老地方，老婆婆也继续供养他。在若干年后的又一次测试中，当那女子又抱住他要他谈感受的时候，他说："你知我知，只不由那婆子知。"女子再去告诉婆婆，婆婆大喜，说，我终于在供养一个开悟的罗汉了。

这当然是一个中国大团圆式的结局。但如果读者细心，就还是应该可以由此而得到些人生的真消息吧！

麻三斤　圜悟克勤

　　僧问洞山①："如何是佛？"山云："麻三斤。"
　　这个公案，多少人错会②，直是难咬嚼③，无尔下口处。何故淡而无味？古人有多少答佛话？或云："殿里底④。"或云："三十二相⑤。"或云："杖林山下竹筋鞭。"及至洞山，却道"麻三斤"，不妨截断古人舌头⑥，人多作话会道。洞山是时在库下称麻⑦，有僧问，所以如此答。

《碧岩录》卷二

【注释】

①洞山：本为地名，位于江西省宜丰县北部。此处则指洞山守初禅师，即驻锡在洞山普利禅寺的守初禅师。依照禅门惯例，往往在著名僧人的法名之前，冠以所在地名、山名或其他字样，以便区别重名者。譬如，此处简称守初禅师为"洞山"，就很容易与创立"曹洞宗"的洞山良价相混。故而，要四字全用，才能准确无误。

②错会：错误领会，错误理解。

③难咬嚼：不容易理会说明。

④殿里底：佛殿里面的。这里指佛像。

⑤三十二相：指佛陀所具有的三十二种庄严德相，由长期修习善行而得。

⑥截断古人舌头：意为断除各种关于"如何是佛"的解释。

⑦称麻：称量胡麻的轻重。

【赏读】

　　首先要说明的是，随口说出这"麻三斤"的"洞山"，不是洞山良价，而是洞山守初。洞山良价，是南禅五宗之一"曹洞宗"的创建者，唐代人。而洞山守初，则是宋代人。后人大凡提到"洞山"，一般都是指洞山良价，因为他创立宗派，属于祖师级别，名声比洞山守初要大得多。但是，具体到这个禅门的著名公案"麻三斤"，则与良价无关，只是守初和尚的随口之作。

　　不过，也不要轻视了这"随口一说"，正所谓"冰冻三尺，非一日之寒"，如果没有对于佛禅之学深刻的领悟和修持，他岂能又岂敢随口来说？毕竟，这是事关"如何是佛"的大问题，作为佛徒哪敢无端地玩笑揶揄？

　　好一个洞山守初，好一个"麻三斤"！

　　洞山守初为何要用"麻三斤"来回答学僧所提"如何是佛"这么个严肃问题呢？这就牵扯到了中国禅宗，特别是南禅宗对于佛的理解和定义。什么是佛？大雄宝殿里的塑像是佛不是？从梵文翻译过来的"觉者"是佛不是？有着三十二相的那个印度圣者，是佛不是？你可以说是，但又可以说都不是。那么，到底"如何是佛"？佛又到底是什么？虽然古人说了十篓九箩筐，却还是说不明白。于是，这位洞山守初和尚，在被问时恰好正在库房中称麻，就随口答了那僧一句：麻三斤。那僧自然不得要领，便跑去问另外一位禅师智门光祚："为什么守初禅师说佛是麻三斤呢？"

　　这位智门禅师也不含糊，便对他说："百花盛开，如织锦般美丽。"

　　是不是很抒情，很美很诗意？但那学僧如何就能懂得，只是木木地站着发呆罢了。智门不忍，就又对他说："南地竹，北地木。"

依然是诗一样的谜语，那学僧就更是不懂了，颠颠地就再次回到洞山守初那儿，把经过告诉他，求破解。洞山守初当然不能再次用"麻三斤"来打发他了，就严肃地告诉他：这世界上本来就没有错与对的东西，这个也包括对于"佛"的理解和定义。你干嘛非要带着一颗分别心跑来跑去地询问呢？

当然，最后那位学僧是否明白了"如何是佛"，没有后文交代，我们也就权且让过，不去过问了。但这"麻三斤"自从洞山守初随口说出后，倒着实令后世的禅徒学者们费尽了口舌，不知浪费掉多少脑细胞，想要求一个理解。其实呢？如果非要求解"麻三斤"与"如何是佛"的关系，无异于拿着球拍打月亮，那只是瞎费劲的无比蠢举。麻三斤就是麻三斤，根本与佛七百棒槌打不上，只是为了截断提问者的思维流、妄想念，告诉他不要去做无谓的分别判断。如果那位学僧还有点知识，就该知道在他前面的诸多祖师里面，有一位马祖道一，就曾说过"即心即佛"和"非心非佛"的话。佛在你心，也不在你心。还是那个道理，就是打破你要么这样要么那样的分别意识。

至于最后你得着了个什么，实在与佛无干，只与你自己的根性和造化相干。

镜清啐啄 圜悟克勤

僧问镜清①:"学人②啐③,请师啄④。"清云:"还得活也无?"僧云:"若不活,遭人怪笑。"清云:"也是草里汉。"

《碧岩录》第二

【注释】

①镜清:生卒年月不详。越州镜清寺禅僧,法号道怤,雪峰义存禅师之法嗣。俗姓陈,永嘉人。

②学人:此处为学僧自称,意为学生、晚辈。

③啐:此处指小鸡出壳前破壳的声音和动作。

④啄:此处指母鸡为帮助小鸡出壳而啄破蛋壳的动作。

【赏读】

这一个公案,意在说明师徒或师生之间教与学的微妙关系。

镜清禅师,法名道怤,是唐代著名禅师雪峰义存的法嗣。这位禅师从雪峰义存那里得法后,住到当时的一座寺院里,这座寺院名为镜清寺,所以,后人就依照禅门的惯例,在他的法名之前加上寺名,称其为镜清道怤禅师。

这位镜清道怤禅师,在当时是一个常常以"啐啄同机"这个典故来教导学人弟子的禅门老师。什么是"啐啄同机"呢?就是借用了母鸡孵小鸡时的情景。在小鸡将要孵化出壳的时候,小鸡基本发育成熟了，便在壳内啐那蛋壳，发出要破壳而出的信号。声音虽然细小，但作为一直守候等待着的母鸡来说，是马上就能听到的。这听到孩子生命信息的母亲，就马上去从外面啄那蛋壳了。于是，子在里面啐，母在外面啄，几下，蛋壳也就破了，小鸡破壳而出，母鸡的孵化任务完成，真是一件皆大欢喜的事情。

当然，这样的事情，在大自然中比比皆是。不但是鸡，所有的鸟类妈妈都会做这件事。只是，鸡的母子离人类最近，所以就特别能引起人们关注。

而所谓的"啐啄同机"，有同时进行的意思在，但又不完全是。机者，机缘、机遇、机会、机巧等的意蕴都有。也就是说，一个新生命的诞生，是需要诸多微妙的条件因素才能促成的，既有偶然，又有必然。这里面的道理，不是几句话可以讲清楚的，是需要学人自己去领会揣摩的。

禅宗里面，将学人的开悟，当作新生。也就是，当你觉悟了人生和世界的真理之时，世界对你，你对世界，意义样貌，全部都改变了。原来之我已死，如今之我新生。所以，那个帮助你新生的人，也就是老师，是至关重要的一个因素。若是师生不契合，无缘法，就会牛头对不上马嘴，一个啐，一个不啄，你出不来；一个不啐，一个猛啄，也是没有用处，出来了也活不成。可见历代禅门都讲究的悟道因缘是何等重要。

僧问镜清道怤："母啄子啐与我们和尚有什么关系呢？"

镜清说："有好消息。"

那僧又问："子啐母啄，于小僧又有什么关系？"

镜清说："露出他的真面目。"

禅门中所谓的新生命，就是这个"他的真面目"。

日日是好日　圜悟克勤

　　云门^①垂语^②云："十五日已前不问汝，十五日已后道将一句来。"自代^③云："日日是好日。"

《碧岩录》卷一

【注释】

　　①云门：即云门文偃（864~949），俗姓张，姑苏嘉兴（今浙江嘉兴）人，唐懿宗咸通五年（864）出生，是禅宗云门宗创始人。文偃禅师出尘很早，《五灯会元》卷十五说他"幼依空王寺志澄律师出家"。成年后，文偃在毗陵（今江苏常州）戒坛受具，然后仍侍志澄禅师，且穷探律藏。文偃先在灵树寺说法约八年，后在云门寺说法二十余年，合计在粤弘法约三十年。他的佛学思想独到，接引学人的禅法更是别树一帜，从而形成了独立的宗派，世人称之为云门宗，因其弘法地在云门寺而得名。

　　文偃的佛学思想，强调自悟自修，反对盲目搜求公案语录。他把记诵别人语录的人称为"掠虚汉"，斥之为"食人脓唾"，认为此举无益于达到解脱。他说："若问佛法二字，东西南北，七纵八横，朝到西天，暮归唐土。虽然如此，向后不得错举。"虽然禅门五宗的禅法理论大同小异，但对禅法的表述以及接引弟子的方法却是各呈异彩。云门文偃的禅法就独树一帜。

　　②垂语：垂示之语。垂，由上向下俯倾的状态，这里指长辈禅师对弟子们的垂爱训示。

③自代：此处指"自己代替自己作答"。

【赏读】

这篇公案文字不多，又基本上是云门文偃禅师的自问自答。当然，他可能是在殿堂之上，面对着黑压压的一片僧众学人，但他自说自话，且不等别人回答，就抢先"自代"了答案。

这也算唐宋时期，禅门里面教学方式之一种。老师提出问题，或透露疑情，并不等学生们来讨论发言，而是直接就给出了一个答案。

这则公案，后人又叫作"云门十五日"。其实，云门文偃当时为什么说"十五日"而不是"十日"或"三日"呢？我想，这也只能说是他随缘或随口的方便而已，并没有什么特别的意义所指。关键在于这"十五日"的"已前"与"已后"，他问弟子们有无差别，却又不等人作答，就自己说"日日是好日"。也就是说，每天都是一样的，对于学禅之人，本没有好坏这样的概念分别，也无须前后这样的理智判决，你只要立足当下，好好做手头的事情就好了。

后世的学人，将这"日日是好日"不断地发扬光大了起来，运用到诸多地方，只是为了告诉大家，不要分别今日是昨日非，不要抱怨冬寒夏热，每个季节都有每个季节的道理，每一天也都有每一天的依凭。只要心空志定，就没有什么不好的地方和日子。

巴陵三句　晦岩智昭①

僧问巴陵②："如何是提婆宗③？"陵云："银碗里盛雪。"问："如何是吹毛剑？"陵云："珊瑚枝枝撑着月。"问："祖意、教意，是同是别？"陵云："鸡寒上树，鸭寒下水。"

《人天眼目》④卷二

【注释】

①晦岩智昭：指宋代禅僧越山晦岩智昭，生卒年月不详。

②巴陵：指唐代岳州巴陵新开院颢鉴禅师，生卒年月不详。

③提婆宗：即三论宗，又称龙树宗。系依龙树所著《中论》《十二门论》及其弟子迦那提婆所著《百论》所建立之宗派，为我国大乘宗派之一。以般若空义为本宗思想根干，故又称为中观宗、空宗、无相宗、无相大乘宗、无得正观宗。本宗在印度，由龙树而提婆、罗侯罗、青目等人，次第发展。（一说由释尊、文殊、马鸣，而迄龙树等）后秦时代，三论乃由鸠摩罗什传至中国，并译为中文。

④《人天眼目》：禅宗典籍。六卷，宋晦岩智昭编，淳熙十五年（1188）刊行。收在《大正藏》第四十八册、《禅宗全书》第三十二册。系临济宗杨岐派大慧下四世晦岩，费时二十年所收集之中国禅宗五家宗旨的纲要书，内容包含五家各派。首先记载宗祖略传，再列举该派重要祖师之语句、偈颂、宗纲等，并收集先德对此所作之拈提与偈颂，以助读者理解。

【赏读】

关于巴陵颢鉴禅师的资料虽然不多,但他的"巴陵三句"或者叫作"巴陵三转语"的这个公案,却是很著名的。不过,在《碧岩录》里面,只截取了他"银碗里盛雪"这一句,来作为巴陵风格的展示。我寻根溯源了一下,还是从《天人眼目》里面提取出这个完整点的"三转语"来加以呈现,或者对于"巴陵风格"会有多一点的了解。

有人问"提婆宗"是怎么回事,巴陵就答:"银碗里盛雪。"又问他:"如何是吹毛剑?"他说:"珊瑚枝枝撑着月。"再问:"祖意、教意,是同还是有别呢?"他这次答道:"鸡寒上树,鸭寒下水。"

其实,这位巴陵禅师并没有多少高明处,他这样的答法,如果你读了前面的那些公案,相信一定会有似曾相识的感觉。譬如,僧问洞山:如何是佛?洞山云:麻三斤。巴陵的"银碗里盛雪""珊瑚枝枝撑着月"或"鸡寒上树,鸭寒下水",基本也是这么回事。对于学僧来说,如果你单从这些前辈禅师的字句本身去找答案,就一定是云里雾里,不知所以,最后转到茄子地里去了。而前辈禅师们,其实用意也很简单,就是不给你啰唆,不给你解释那些典故概念,直接用个风马牛毫无关联的东西,来截断你的惯性思维,打破你的分别意识。到底什么是提婆宗?什么是吹毛剑?又什么是祖意与教意?你自己是可以找到答案的,没有必要去问老师。

据说,开创了"云门宗"的云门文偃禅师,闻听此三句话,大为欣赏,说:"他日老僧忌辰,只举此三转语供养老僧足矣。"于是,巴陵禅师及其云门后人,就在拜祭云门文偃的时候,供养这个"三转语",一代代地传承下来,也就天下人都知道了。

不过,虽然不能说这"巴陵三转语"是沾了云门文偃的光,但巴陵颢鉴在其他地方的湮灭无闻,倒也是事实。

一指头禅 圜悟克勤

俱胝和尚①,乃婺州②金华人,初住庵时,有一尼名实际③,到庵直入,更不下笠,持锡绕禅床三匝云:"道得即下笠。"如是三问,俱胝无对,尼便去。俱胝曰:"天势稍晚,且留一宿。"尼曰:"道得即宿。"胝又无对,尼便行。胝叹曰:"我虽处丈夫之形,而无丈夫之气。"遂发愤要明此事,拟弃庵往诸方参请,打叠行脚。其夜山神告曰:"不须离此,来日有肉身菩萨,来为和尚说法,不须去。"果是次日,天龙和尚④到庵,胝乃迎礼,具陈前事。天龙只竖一指而示之,俱胝忽然大悟。

是他当时郑重专注,所以桶底易脱。此后凡有所问,只竖一指。……因什么千人万人罗笼不住,扑他不破,尔若用作指头会,决定不见古人意。这般参禅易,只是难会,如今人才问着,也竖指竖拳,只是弄精魂,也须是彻骨彻髓,见透始得。

俱胝庵中有一童子⑤,于外被人诘曰:"和尚寻常以何法示人?"童子竖起指头。归而举似师,俱胝以刀断其指,童子叫唤走出,俱胝召一声,童子回头,俱胝却竖起指头,童子豁然领解。且道见个什么道理?及至迁化,谓众曰:"吾得天龙一指头禅,平生用不尽。"

《碧岩录》卷二

【注释】

①俱胝和尚：南岳怀让门下，生平传记不详，约当唐武宗时代人。据说，会昌五年（845），武宗下令废佛毁释，俱胝因为持诵俱胝观音咒而躲过兵难，因此专以持吟俱胝观音咒为修持，并且就以"俱胝"为名号，人称俱胝和尚，而不知其本来名号。

②婺州：今浙江金华。

③实际：与俱胝和尚同时代的一位比丘尼。

④天龙和尚：生卒年月不详，又称杭州天龙和尚，俱胝之传法恩师。

⑤童子：一般指古代寺院中收养的十岁以下，不到出家年龄的男童，称"驱乌小沙弥"，也就是可以驱赶乌鸦的小沙弥。

【赏读】

这则公案，历代不知道有几多解读，几多言说。不过，犹如"南泉斩猫"或"婆子烧庵"的故事一样，都是有点酷烈甚至鲜血淋漓的。或者正是因为其真实的酷烈，才让后世禅者学人，不能忘怀而每每提起。若说其本身有什么确切的意义，自然是张三李四各说各的道理，没有个什么囫囵东西可以抓取。我也看了胡兰成的解读，依旧是他的老风格，云里雾里、东游西荡的一番言语。胡兰成笑言胡适不懂公案，但他自己到底又懂得多少，也是十分可疑的。

从各种灯录的记载来看，这俱胝和尚是因为念一个俱胝观音咒而死里逃生后，才就叫了"俱胝"的。至于他原来叫个什么，并没有人记忆。后来，一个人住庵，被一位叫作实际的比丘尼诘难羞辱了一番，才要发奋，想要找回点"丈夫"的颜面。后来，就遇到了杭州天龙和尚，天龙也没有什么道理传授给他，只教他一个"无论何人千问万问，只竖一指应付"的方法，也就是一把以不变应万变的万能钥匙。这方法简单，比着那问东答西，大萝卜麻三斤的，还要来得方便。但是，简单的东西也就容易被复制，被模仿。如果任何人都去复制模仿了，再好的灵丹妙药也就没有了效用。于是，当身边的一个童子趁他不在，也如法炮制地将一指竖起来时，俱胝和尚就刀刃相见了。当然，故事里说，那童子被削一指，号啕而逃时听到呼唤，欲再竖指而不得时，痛而有悟。这结果不但鼓励了后来人，也让俱胝和尚削掉童子指头这个有点血腥的故事，具有了某种合理合法性。

如果非要我说这俱胝一指的禅意所在，大概也只能是从"一即一切，一切即一"这样的哲学里面去挖掘了。我也不想再去啰唆那要"坐断天下人舌头"的奥妙作用了。所谓的比比皆是，便就比比不是吧。当然，我这也是近乎胡扯的言语了，读者大可看过一笑，也可以连笑都省去，径直地闭了眼睛走开。

倒是这则公案的最后，俱胝和尚临寂之时，对人说的那句话还算老实，透露了些许让人垂泪的消息出来："吾得天龙一指头禅，平生用不尽。"

某甲不会   <small>圜悟克勤</small>

南泉①参百丈涅槃②和尚,丈问:"从上诸圣③,还有不为人说的法么?"泉云:"有。"丈云:"作么生是不为人说的法?"泉云:"不是心,不是佛,不是物。"丈云:"说了也。"泉云:"某甲只恁么,和尚作么生?"丈云:"我又不是大善知识,争知有说不说。"泉云:"某甲④不会。"丈云:"我太煞⑤为尔说了也。"

《碧岩录》卷三

【注释】

① 南泉:即南泉普愿禅师(748~834),俗姓王,郑州新郑(今属河南)人。普愿九岁时跪请父母同意他出家,投奔密县(今河南新密)大隈山大慈禅师学习禅道。他刻苦勤勉,守志不渝。从事劳作,手足出茧,长出冻疮,也毫不顾惜。深得大慈法师的喜爱。大历十二年(777),时普愿三十岁,至嵩山会善寺,受具足戒,研习《四分律疏》。后游历讲筵,学《楞伽经》《大方广佛华严经》《中观论》《大乘百法明门论》等经籍。后投江西洪州开元寺马祖道一学习禅法。贞元十一年(795)挂锡池阳南泉山,填塞谷地,砍伐山木,建造佛寺。他披着蓑衣,戴着笠帽放牛,有如牧童。砍除山上荆棘,烧草种粮,过着自给自足的清修生活,不离开南泉山达三十年。他所建的寺院称"南泉禅院",人称他"南泉禅师"。也因姓

王而称王老师。

②百丈涅槃：据《洪觉范林间录》云："百丈第二代法正禅师，大智之高弟。其先尝诵《涅槃经》，不言姓名，时呼为涅槃和尚。住成法席，师功最多，使众开田，方说大义者，乃师也。"生卒年月不详。

③诸圣：诸位圣贤之意。这里指诸佛。

④某甲：南方方言，多为谦卑自称。

⑤太煞：南方方言，意为"过分""太多了"。

【赏读】

在《禅是一枝花》中，胡兰成对这则公案，先是举白居易的《琵琶行》中"水泉冷涩弦凝绝，凝绝不通声暂歇。别有幽愁暗恨生，此时无声胜有声"为例，来说明公案中的"有意而无声"之妙处。继而又举中国画中的"留白艺术"，来说明画家的高超处，不是将整个画面都填满了笔墨的，而是在该省时就省。而这省出的空白处，则又正是画之境界的体现处。最后，胡兰成再举文章的写作中那些虚虚实实的方法来论证他所认为的公案中说与不说的道理。

南泉与百丈的对话，虽然可以用音乐、绘画和写作中的诸多特点做比喻，但又不能真正完全地切合。也正为此，才有"所有的比喻都是蹩脚的"之批评。

但是，不能否认的是，胡兰成的确是个聪明人。如果你去以佛语解公案，在那些晦涩的概念名词间转来转去，不但自己被转得晕头转向，迷途难归，而且对于读者来说，更是出了沼泽，又入泥潭。胡兰成的聪明处，就在于他谨慎地绕开了这个"以佛解佛"费力不讨好的方法，而是以日常生活的经验故事，对这天书一样的公案文字进行诠释，让读者虽有时觉得他简直是胡诌乱扯，但毕竟将那些隐蔽在古语方言背后，但其实并不复杂的道理给说了出来。

在这段公案中,是老师提问,而由学生回答。这也是一种印证,或叫考试。一个学僧跟着师父学习佛法,一年一年过去,但学得怎么样呢?就需要有一个检验。在《六祖坛经》中,五祖弘忍是要求弟子们各自写出一首诗偈作为答卷的。这里,百丈涅槃对南泉普愿,则有点面试的味道。但这个问答,又充满着机锋比较,一个不小心,就会全盘皆输。南泉普愿自非等闲之辈,没有几个回合,就开始将了老师的军,变被动为主动地问:"某甲只恁么,和尚作么生?"于是,才有最后百丈的一声叹息:"我太煞为尔说了也。"

不过,这种禅门的争锋较量,在高手与高手之间,往往是没有胜负可言的。他们只是为了互相惕励或印证一番罢了。

张拙有无 圜悟克勤

张拙秀才①,参西堂藏禅师②,问云:"山河大地,是有是无?三世诸佛,是有是无?"藏云:"有。"张拙秀才云:"错。"藏云:"先辈曾参见什么人来?"拙云:"参见径山和尚③来。某甲凡有所问话,径山皆言无。"藏云:"先辈有什么眷属?"拙云:"有一山妻,两个痴顽。"又却问:"径山有甚眷属?"拙云:"径山古佛,和尚莫谤渠好。"藏云:"待先辈得似径山时,一切言无。"张拙俯首而已。

《碧岩录》卷四

【注释】

①张拙秀才:生卒年月不详,唐代人,石霜庆诸禅师之法嗣。因受禅月大师指点,往参石霜禅师。

石霜问:"秀才何姓?"拙云:"姓张名拙。"石霜道:"觅巧尚不可得,拙自何来?"

张拙一听,豁然有省,乃呈一偈曰:

光明寂照遍河沙,凡圣含灵共我家。
一念不生全体现,六根才动被云遮。
断除烦恼重增病,趣向真如亦是邪。
随顺世缘无罣碍,涅槃生死等空花。

石霜于是印可了张拙秀才,并接受他成为自己的得法弟子。

②智藏(735~814):此处指西堂智藏。俗姓廖,虔化人,唐代著名禅师,马祖道一门下,洪州宗传人。唐宪宗谥大宣禅师,唐穆宗谥大觉禅师。智藏八岁出家,二十五岁受具足戒,后投道一门下修学。马祖曾经派他向南阳慧忠国师问学,他也曾参礼牛头宗径山法钦。他与百丈怀海、南泉普愿,合称洪州门下三大士,其中又以智藏在道一门下时间最长,也最得道一信任。在道一过世后,由智藏任西堂和尚,继续领导僧团,故人称西堂智藏。

③径山和尚:即径山道钦禅师,生卒年月不详。苏州昆山朱氏子。初膺儒教,年二十八,投素禅师出家。得旨后,至径山驻锡,玄化大振。唐大历三年(768),代宗征至阙下,亲加瞻礼。帝悦,谓忠国师曰:"朕欲赐钦师一名。"国师欣然奉诏,乃议号国一焉。后辞归本山,于贞元八年(792)十二月示寂,说法而逝。谥大觉禅师。

【赏读】

这则公案,不在《碧岩录》的正文里面,而在第三十一则的评唱文中。虽是这样,但千百年来,还是有禅者将其拈提出来,参究研读,以为悟道之阶梯。

张拙其人,名不见经传。但据有限资料记载,这位山中秀才,也非泛泛之辈,在当时的禅宗丛林,也大有其名。他是石霜庆诸禅师的得法弟子,并参究过不少当时的大善知识,还有悟道的诗偈传世。即便是在这则与智藏禅师的对答中,也可看出其并非人云亦云之辈。他参访西堂智藏禅师,也还是为了印证一下自家功夫而已。读书人,特别是身上有点功名的读书人,大抵都有点自负傲慢的气质,不容易轻易被折服。所以,他的问,也与一般的学僧居士不同。同一个问题,他在彼处问了,却又到此处来问,无非是要得个确切的消息而已。但这次他却入了智藏禅师给他设的圈套。他在名重一时的径山道钦那里得到的"无"字答案,到了西堂藏这里,就成了完全对立的"有"。这让他不能不有点恼怒。这是因为他到西堂智藏这儿,不过是为了进一步印证径山的那个"无"字,但令他想不到的是,西堂智藏竟然为了证明径山的"无"和自己的"有"都是对的,而拿秀才和径山的有无家眷说事。其实,我想这个关于家眷有无的理由,是不能折服张拙的。他的"俯首而已",也不过是不便争论或一时脑子转不过弯来罢了。

然而,如果我对这则公案的解说到此为止的话,那我说的这些也就全是废话了,一点用处也没有。这则关于张拙秀才与西堂智藏禅师的公案故事,其意义大抵与前面的一些公案相仿,都有着曲异而意同的况味,就是那张拙秀才并非真正透彻的觉悟之士,所以才有很多不需要寻觅答案的蠢问题去找"名家"讨教,最后自然就成了个讨打被骂的对象。当然,这作为参禅路上必需的经历和代价,也不能说就是多余。但也正因这个,就说明了他的功夫还在禅门的门槛上跨着,没有真正走进去,更没有智慧勇气将那道门槛勘破了断,抛诸脑后。

临济四喝　释慧然①

师②问僧："有时一喝如金刚王③宝剑；有时一喝如踞地金毛师子④；有时一喝如探竿影草⑤；有时一喝不作一喝用。汝作么生会⑥？"僧拟议，师便喝。

《临济录》⑦

【注释】

①释慧然：唐代临济宗僧，临济义玄禅师弟子，生卒年、籍贯皆不详。住镇州（今属河北）三圣院，世称三圣慧然。得临济义玄之旨，其后遍历诸方，曾至仰山，又参德山宣鉴、雪峰义存诸禅师。受义玄付嘱，编辑《镇州临济慧照禅师语录》（简称《临济录》）。

②师：指临济义玄禅师。

③金刚王：金刚，喻坚固、锋利之意。王者，喻金刚中的金刚，金刚之最。

④师子：狮子的别写。

⑤探竿影草：探竿、影草，都是渔民使鱼聚集后下网捕捞的方法。佛教禅宗借以喻启发性的随宜施教。

⑥汝作么生会：意为你是怎么理解的。会，理解，会意。

⑦《临济录》：全名为《镇州临济慧照禅师语录》，作者为义玄禅师，因其居于镇州滹沱河畔的临济院，故世称"临济禅师"（慧照为敕谥），禅宗中奉他为主的一支叫"临济宗"。该书由其弟子慧然编集，分为上下两卷，有上堂、示众、勘辩、行录、塔记等五篇。

【赏读】

　　我曾在十年前为自己的一本禅意随笔集写过一篇自序，题为《阿弥陀佛是一声问候》。后来收集新的文字编辑成别的一本随笔集时，就又将这篇文章收入，并将书名取作《阿弥陀佛是一声问候》。一些读者写信来问，我们在寺院里或电影里也常常听到和尚们口称"阿弥陀佛"，可是怎么就成了"一声问候"了呢？我就耐心地回复，我在文章里面其实已经写得很清楚了，我那天在昭觉寺遇到的那位僧人，在傍晚的晚霞中去参加晚课。我向他合掌问候，他就也合掌回礼，口称"阿弥陀佛"，可不就是一声问候嘛。但是，"阿弥陀佛"用在这里是"一声问候"，但并不是用在所有的地方都是一声问候。譬如我在普陀山的一座寺院中，遇到一位年轻的僧人，攀谈之后临分手时，我送一本自己新出版的小书《诗情画意总关禅》给他，他也合掌念了一声"阿弥陀佛"。但这声"阿弥陀佛"就不是一声问候的意思了，而是谢谢的意思。再如净土宗的"念佛法门"，更是"阿弥陀佛"不离口的，前面还要再加上一个"南无"。我在开封居住时，遇到一个信佛的太婆，她说寺庙的师父说了，"阿弥陀佛"念得越多就功德越大，就能越快被阿弥陀佛接引去极乐净土世界享福，所以她每天要念一万五千遍阿弥陀佛。像这样的情况，就更没有"一声问候"的意思了。所以，临济义玄的"一喝"，在不同的地方，临着不同的场景，或者对着不同的人物对象，"一喝"与"一喝"就是完全不相同的意思。而且，如果不是对着人，而是对着墙壁或草木石头，一喝不当一喝用，也就是自然而然的事情了吧。

　　这则公案最妙的是在最后。义玄本来是提问者，但当那位被问的僧人想要回答想要表达点什么的时候，义玄却用"一喝"阻断了他。这大概就是"一喝如金刚王宝剑"了，截断你的分别识，看你当下是否能够了断。能，则悟则活。不能，则迷则死。

卷三

向上一路

向上一路，千圣不传　圜悟克勤

问：“向上一路，千圣不传，未审①如何是向上一路？”师②曰：“行到水穷处，坐看云起时。”曰："为甚不传？"师曰："家家有路透长安。"曰："只如衲僧门下，毕竟作么生？"师曰："放你三十棒③。"

《五灯会元》卷十七

【注释】

①未审：不知道或不明白。

②师：此处指文准禅师。文准禅师，生卒年月不详。俗姓梁，兴元府（今陕西汉中）人。驻锡隆兴府（今江西南昌）泐潭湛堂，乃宝峰克文禅师之法嗣。出家后，投真净克文禅师座下参学。后世称其为泐潭文准禅师。

③放你三十棒：给你三十棒。放，在此意为"给"或"与"。

【赏读】

向上一路，是禅宗里面的一个专用词，意指不可思议之彻悟境界。但这个"不可思议之彻悟境界"，到底是个什么样的境界呢？却又被说成是"千圣不传"。于是，历代不知有多少禅僧学人，都试图来解开这个谜。但，这谜底却问不得，因为没有现成的答案给你。不是被问者不想答，而是不能答。在佛门里面，这样的例子比比皆是。从释迦牟尼那里就开始了。所以，要想不吃棒子，最好是哑巴吃饺子，心里有数就行了。但是，就有一些学僧不依不饶。这不，有人就问到了文准禅师面前。这文准禅师，也是个作家。虽然灯录中对其生卒年月没有太多记载，但从他言语里面透出的信息，可以判断，他应是与诗人王维同时或稍后的人物。因他对王维的《终南别业》一诗相当熟悉，不但深得精髓，且可信手拈来，用在活处。由此可见这位禅师也非俗人，应是一个舍儒入佛者。王维的这首名作云：

中岁颇好道，晚家南山陲。
兴来每独往，胜事空自知。
行到水穷处，坐看云起时。
偶然值林叟，谈笑无还期。

文准禅师在来僧提问"如何是向上一路"时，信手就拈出了王维的"行到水穷处，坐看云起时"来作为答语。当然，这诗中的意境与"向上一路"到底有何关涉或是否切合，禅师是不会去啰唆着再给你批讲的了，而是要你自己去理会去悟解。只是，那提问僧不知此中门径，只是一味执着，接着他又问："为甚不传？"文准就又给他来了个答非所问："家家有路透长安。"可惜，那学僧还是不在路上，依然不依不饶，继续追问："我是个衲僧，你给我念这些诗句做个什么？到底那'向上一路'是个什么意思？又为何'千圣不传'呢？"

事情到了这步田地，文准禅师就被逼到墙角了，知道对这衲僧光用诗句是应付不了啦，于是就威胁他，你若再啰唆，就给你三十棒吃！当然，文准不是德山，估计也就吓唬一下，并不会真的动手。要是换了德山和尚，嘴上的话就少，手上的"话"就多，早早地，就棒子下去了,哪里还有这么多的言语纠缠?

　　说到这里,我们这些学禅的后人,也是要汲取那执着者的教训的。很多东西,不能问。因为所有的老禅师都知道,有些东西说不得,因为"一说就错"。而如果你一定坚持要问,就做好挨打的准备吧。棒子也是语言,不过要痛一些。或者一顿棒子下去,木头亲吻到皮肉,一下子也就机缘发生,豁然开朗,"顿悟"的奇迹也不是不会发生啊!

不是诗人莫献诗　瞿汝稷

问:"如何是曹溪的意?"
师①曰:"老僧爱嗔②不爱喜。"
问:"为何如是?"
师曰:"路逢剑客须呈剑,不是诗人莫献诗。"

《指月录》卷十三

【注释】

①师:此处指黄檗希运门下首座陈尊宿。
②嗔:恼怒、愤恨的意思。

【赏读】

　　一问一答,这是禅门公案的代表性方式。有问无答或自问自答,有则有之,但从比例上看所占却少。但在这一问一答的方式中,答非所问或问东答西,则又是基本状态。这种不循常规的教学方法,虽然禅机氤氲,给人想象和发挥的空间无限,但也给后世禅门僧徒留下了个"比着葫芦就画瓢"的滥用之陋习。前文"一指头禅"公案其实就预示了这样的结果。

　　俱胝和尚断小沙弥指头的故事,有点像"南泉斩猫",比较典型极端。其实禅门公案里面,这样的事例也算比比皆是。模仿,抄袭，虽然在当今达到了司空见惯的鼎盛，实则也算渊源深远。譬如临济义玄的"喝"，就也被后世僧徒们滥用，动不动就喝啊喝的，以为"方便"。

这里陈尊宿答僧的这个公案，也是"答在问处"，但又属于"答非所问"——是启迪式而非教导式。教导式，是如数学课本上的一加一等于二，给你一个不允许怀疑的答案，你照着这个答案去做就行了。启迪式则需要你自己去思考，老师到底在跟我说什么？又为什么这样说？

陈尊宿对于学僧的制式提问，就采取了禅门最常见的启迪式教学。但当学僧对他的第一答案不理解或不满意而继续追问时，他给出的则是意思很明了的两句诗："路逢剑客须呈剑，不是诗人莫献诗。"

这虽然还算不得一个明确的答案，但也已经清楚地告诉了提问者，我遇到剑客的时候，才会将宝剑呈送给他，就像只有遇到诗人的时候，才会献上自己的诗作一样。你不是剑客，也不是诗人。我还要对你再说什么呢？都不过是对牛弹琴罢了。

看来，古代的禅门老宿们，一个个都非"善类"。他们绝对不会假装慈悲地给你搞什么循循善诱，而是"话不投机半句多"，甚至干脆就"放你三十棒"，然后赶出山门。

不过且慢，我这样岂不是真正地辜负了那些老僧们？他们也是被那些又笨又傻的后生们给逼的嘛。岂不见他们一个个"老婆心切"？也是可怜得很。

寻思去   释普济

六祖将示灭①,有沙弥②希迁③问曰:"和尚百年后,希迁未审当依附何人?"祖曰:"寻思去!"及祖顺世④,迁每于静处端坐,寂若忘生。第一座问曰:"汝师已逝,空坐奚为⑤?"迁曰:"我禀遗诫,故寻思尔。"座曰:"汝有师兄思和尚,今住吉州,汝因缘在彼。师言甚直,汝自迷耳。"迁闻语,便礼辞祖龛⑥,直诣静居参礼。师曰:"子何方来?"迁曰:"曹溪。"师曰:"将得甚么来?"曰:"未到曹溪亦不失。"师曰:"若恁么,用去曹溪作甚么?"曰:"若不到曹溪,争知不失?"迁又曰:"曹溪大师还识和尚否?"师曰:"汝今识吾否?"曰:"识。又争能识得?"师曰:"众角虽多,一麟足矣。"迁又问:"和尚自离曹溪,甚么时至此间?"师曰:"我却知汝早晚离曹溪。"曰:"希迁不从曹溪来。"师曰:"我亦知汝去处也。"曰:"和尚幸是大人,莫造次⑦。"他日,师复问迁:"汝甚么处来?"曰:"曹溪。"师乃举拂子曰:"曹溪还有这个么?"曰:"非但曹溪,西天亦无。"师曰:"子莫曾到西天否?"曰:"若到即有也。"师曰:"未在,更道。"曰:"和尚也须道取一半,莫全靠学人⑧。"师曰:"不辞向汝道,恐已后无人承当。"

《五灯会元》卷五

【注释】

①示灭：即将死亡，佛教又称圆寂等。

②沙弥：剃度但没有受戒的佛徒。

③希迁：即石头希迁禅师（700~790），唐代著名禅僧，对后世禅宗影响巨大。俗姓陈，端州高要（今广东高要）人。六祖惠能弟子，后从师兄行思与怀让教导接引。

④顺世：逝世的一种别称。

⑤奚为：何为、干什么的意思。

⑥祖龛：指盛放祖师牌位的木制柜阁。

⑦造次：匆忙、仓促、鲁莽的意思。

⑧学人：学禅之人，亦即学生之意。

【赏读】

据《五灯会元》记载，石头希迁是六祖惠能的弟子，但在六祖示灭时，他还年幼，没有受戒，还是个沙弥。没有受戒的沙弥，还不能算是一个正式的僧人。当他预知师父惠能将要与他永别时，就问，你圆寂后，我当依附何人？师父说，寻思去。但他理会错了师父的话。所以师父逝后，他就整日"静处端坐，寂若忘生"。还是首座点醒了他，说师父跟你说得明白，说"寻思去"是让你去寻找行思和尚嘛，你坐在这里寻什么思啊！当然，考虑到希迁当时的年龄，大概他到惠能那里的时候，他的这位行思师兄早就离去了，所以他不知"寻思"到底是寻什么。但经首座和尚的提点，希迁就真的去找他的师兄行思去了。

行思（671~740），俗姓刘，庐陵（吉安）人。离开曹溪后住吉安青原山净居寺，四方禅客云集，世称青原行思，为六祖下弘传最盛的两大法嗣（另一为南岳怀让）之一。

对于希迁来说，行思名为师兄实为师父，希迁正是接法于青原行思的。希迁不但继承了行思的禅法，还发扬光大，身后先是形成曹洞一宗，再后又有云门和法眼两宗创立。希迁的禅法总结于他所撰写的《参同契》中。

不过，如果我们读了胡适先生关于禅宗谱系等历史问题的考据质疑，估计就会萌生出不少的疑窦来。历史，包括了佛教以及禅宗的历史，都是后人撰写的。而凡写史之人，特别是后世徒众写本宗本派祖师的历史，就大多会要么人云亦云，要么虚构神化。我们也只能是"认理不认人"地一笑而过，认真不得。甚至，有时为了某种不能说明的原因，还要强压下"疑情"，而将所有的记述仔细当真。因为只有这样，你才能让自己的话语继续。不然，则只有沉默的份了。

老婆心切 释普济

初在黄檗①会中,行业纯一。时睦州②为第一座,乃问:"上座在此多少时?"师③曰:"三年。"州曰:"曾参问否?"师曰:"不曾参问,不知问个什么?"州曰:"汝何不去问堂头和尚,如何是佛法的大意?"师便去问,声未绝,檗便打。师下来,州曰:"问话作么生?"师曰:"某甲问声未绝,和尚便打,某甲不会。"州曰:"但更去问。"师又问,檗又打。如是三度问,三度被打。师白州曰:"早承激劝问法,累蒙和尚赐棒,自恨障缘,不领深旨,今且辞去。"州曰:"汝若去,须辞和尚了去。"

师礼拜退。州先到黄檗处曰:"问话上座,虽是后生,却甚奇特。若来辞,方便接伊,已后为一株大树,覆荫天下人去在。"师去辞黄檗,檗曰:"不须他去。只往高安滩头参大愚④,必为汝说。"师到大愚。愚曰:"甚处来?"师曰:"黄檗处来。"愚曰:"黄檗有何言句?"师曰:"某甲三度问佛法的大意,三度被打,不知某甲有过无过?"愚曰:"黄檗与么老婆心切⑤,为汝得彻困,更来这里问有过无过。"师于言下大悟,乃曰:"元来黄檗佛法无多子。"愚挡住曰:"这尿床鬼子,适来道有过无过,如今却道黄檗佛法无多子,你见个什么道理,速道速道。"师于大愚胁下筑三拳。愚拓开曰:"汝师黄檗,非干我事。"

师辞大愚,却回黄檗。檗见便问:"这汉来来去去有甚了期？"师曰："只为老婆心切。"便人事⑥了侍立。檗问："甚处去来？"师曰："昨蒙和尚慈旨，令参大愚去来。"檗曰："大愚有何言句？"师举前话。檗曰："大愚老汉饶舌，待来痛与一顿？"师曰："说甚待来？即今便打。"随后便掌。檗曰："这风颠汉来这里捋虎须。"师便喝。

《五灯会元》卷十一

【注释】

①黄檗：指黄檗希运禅师（？~855），得法于百丈怀海，驻锡靖州黄檗（今江西省宜丰县黄檗山）灵鹫寺弘扬禅法。他的法嗣有临济义玄、睦州道明（陈尊宿）等。前者创立临济宗，影响至今。

②睦州：此处指睦州道明禅师（780~877），黄檗希运法嗣。江南人，俗姓陈，故又被时人称为"陈尊宿"。居睦州（今浙江省）龙兴寺，晦迹藏用。常织蒲鞋，密置于道上，鬻之以奉母。岁久，人知之，又有"陈蒲鞋"之称。学人来叩问，则随问随答，词语锐不可当。由是四方归慕。尝接引游方修行中之云门文偃，而以痛骂"秦时𬭚轹钻"传为禅林佳话。唐乾符四年（877）示寂，寿九十八。

③师：此处指临济义玄禅师。

④大愚：生卒年月不详，约为公元九世纪禅僧，与黄檗希运同时。因其驻锡江西高安（今江西宜春辖内）故又称高安大愚禅师。

⑤老婆心切：含婆婆妈妈、苦口叮咛之意。禅宗提倡"直指人心，见性成佛"，反对拖泥带水、絮絮叨叨的教学方法，因此称像老太婆那样爱絮叨者为"老婆心"或"老婆禅"。心切，急切絮叨之意。

⑥人事：礼拜、参礼。

【赏读】

　　这则公案的重要性，不在于它小说一样的故事性，也不在于"老婆心切"这个江西地方方言中婆婆妈妈的含义是褒是贬，而是在于它呈现了禅宗史上几个重要人物的风貌，更呈现了临济宗的开创者临济义玄的开悟因缘和过程。而临济宗，在南禅宗"一花五叶"的宗派传承中，是至今不绝、影响最为广大的一个禅宗门派。甚至可以说，它的状况基本就是整个中国佛教的状况。

　　在这则公案里，主角当然是临济义玄。按照出场的次序先后，还有黄檗门下的首座睦州道明（陈尊宿），然后就是义玄的师父黄檗希运。再然后，是同在江西境内弘法的高安大愚禅师了。

　　因为临济宗的影响，黄檗希运禅师曾经住持的黄檗山灵鹫寺，早就被称为黄檗寺。高安大愚所住持的寺院，也被称为了大愚寺。至于义玄开悟后创立宗派所在的河北正定临济院，也早就改为了临济寺。并且，这三个寺院都号称是临济宗的祖庭。

　　黄檗山灵鹫寺之所以称临济宗祖庭，是因为义玄是在这里得法的。而高安的大愚寺，则是因为义玄当初在黄檗那里三次问法三次被打，不得要领。但他听从黄檗的话，去找高安大愚，大愚的几句话，立即就让他开悟了。所以，义玄的开悟处是在大愚那里。但大愚只是个点灯人，灯盏却在黄檗那里。所以大愚不敢认义玄做弟子，而说你的老师不是我，是黄檗。

　　这则公案的重要性，还在于它告诉我们一个很重要的情况，就是同是一个人，开悟前与开悟后，可以判若两人。义玄就是这样。没有开悟前，你看他那郁闷的样子，感觉在黄檗希运那里没有希望，要离开。多亏了首座陈尊宿，他是个伯乐，不但一而再、再而三地鼓动他去问法，还在他临离开之时，嘱咐他一定要去向老和尚告别，又事先跑去黄檗那里游说，称赞义玄是个人才，让老和尚莫要轻看了，真可谓用心良苦。也由此，才成全了义玄这位对后世影响巨大的僧才。

由这则公案，我们可以知道，所谓的缘分，是不可思议的。个人的素质固然很重要，但若是在合适的时候没有遇到合适的引路人，也就会犹如一粒种子丢在沙漠里，想要开花结果，那也就只能是个梦想而已。

临济栽松 释普济

师①栽松次。檗曰:"深山里栽许多作甚么?"师曰:"一与山门作境致,二与后人作标榜。"道了将钁头钁地三下。檗曰:"虽然如是,子已吃吾三十棒了也。"师又钁地三下,嘘一嘘。檗曰:"吾宗到汝大兴于世②。"

《五灯会元》卷十一

【注释】

①师:此处指临济义玄。

②吾宗到汝大兴于世:这样的话,在《六祖坛经》等南宗禅的故事公案集里面,不时可见。这个叫作"悬语",有点类似文学写作中的"悬念",但又不完全一样。"悬语"一般都是预见性的话语,而说这个话的人,还不能是一般人物,被说的人,也一定是此后成为名家圣贤的人。不过,如果细致地考察一下,就知道,这都是后世子孙为了"孝敬"祖师而创作的情节,可一笑置之,而不用去太过认真了。

【赏读】

这则公案,可以理解为黄檗进一步对于临济义玄的试探和印证。"深山",表示本来成佛之义。黄檗之问,意谓:"本来成佛,何故还要修行呢?"对此,临济的回答,是自己对自己的信心。临济的前后两次打地三回，并嘘嘘有声，其意有别。第一次大概是表信心的。第二次则是表感谢的。

黄檗对临济的教导，很别致，但也很有效，更有成绩。所以，临济，还有黄檗的后世子孙们，才以悬语的方式，来肯定临济对黄檗的继承，黄檗对临济"老婆心切"之教导。

野狐禅 释普济

师①每上堂②,有一老人随众听法,一日众退,唯老人不去。师问:"汝是何人?"老人曰:"某非人也。于过去迦叶佛③时,曾住此山,因学人④问:'大修行人⑤还落因果⑥也无?'某对云:'不落因果。'遂五百生堕野狐身。今请和尚代一转语,贵脱野狐身⑦。"师曰:"汝问!"老人曰:"大修行人还落因果也无?"师曰:"不昧因果⑧。"老人于言下大悟,作礼曰:"某已脱野狐身,住在山后,敢乞依亡僧律送。"师令维那⑨白槌告众:"食后送亡僧!"大众聚议:"一众皆安,涅槃堂又无病人,何故如是?"食后,师领众至山后岩下,以杖挑出一死野狐,乃依法火葬⑩。

《五灯会元》卷三

【注释】

①师:此处指百丈怀海(720~814)。禅师俗姓王,福州长乐人,为马祖道一门下,承继洪州宗禅法。因居洪州大雄山百丈岩(位于今之江西省宜春市奉新县),人称百丈怀海。其制定的《百丈清规》名闻禅林,成为后世丛林制度之依据。唐穆宗长庆元年(821),敕谥"大智禅师"。

②上堂:指上禅堂讲经说法。

③迦叶佛:传说中的"过去佛"之一。

④学人：指"求学之人"。在禅门里面，与学者、学生等同义，皆为求学者之意。

⑤大修行人：指长久修行而有所觉悟的人。

⑥因果：佛教基本理念。因，因缘。果，结果。指一种因缘必然导致一种结果的道理。

⑦贵脱野狐身：希望能脱离野狐身。

⑧不昧因果：指不脱离、违背因果律。不昧，不隐藏的意思。

⑨维那：僧职。指禅宗寺院里负责寺院纪律的僧人。

⑩火葬：僧人死亡后，以火焚其尸，称为火葬。此为自印度传来的佛教葬仪传统。

【赏读】

这则公案的两个关键词是："不落因果"与"不昧因果"。

说"不落因果"者，成为了"野狐身"。说"不昧因果"者，成为了帮助前者脱离"野狐身"的救命老师。事实上，现在人们一说到野狐禅，就会想到这个故事。一想到这个故事，就会想到这位"一日不作，一日不食"的百丈怀海和尚了。

其实，这则公案基本也与其他很多禅门公案一样，可以当作一则寓言来读。为什么呢？因为，这都是禅门中人，为了讲说某个道理，而编排出来的故事。而这个故事中的正面主角，一般就是他们自己或者自己的师父、祖师什么的人物了。当然，这也是为了光大门庭、传播思想的一种方便吧。

因果，也称为因果律，不独是佛教里面有，在辩证唯物主义里面，也讲因果。也就是说，这不单单是个宗教的问题，也是个哲学的问题。但这个因果律出现在佛教里面，是宗教借用了哲学的概念，还是哲学借用了宗教的智慧，我没有考据过，所以在此不说。

辩证唯物主义对于因果律的解释是这样的："因果律是指所有

事物之间最重要、最直接（可以间接）的关系。表示任何一种现象或事物都必然有其原因，即种瓜得瓜，种豆得豆。"

在这则公案中，"不落""不昧"，一字之别，意思却是天壤之别。"不落因果"，就是超出了因果律的约束，种瓜不再得瓜。而"不昧因果"，就是因果律是不能逃离的，种瓜一定得瓜。

但是，也有一种看法认为，佛性天真，一丝不挂，一尘不染，一法不立，因因果果向哪里去粘挂？死也没有，活从何来？其间还容得什么是非、对错吗？所以，这野狐能从"不昧"处得悟，也算可以了。但他如能从"不落"处觉悟，那就会更胜一筹。还有，他临化去的时候，还要百丈依亡僧礼为其进行火化，更是执迷于表象。既然万物皆有佛性，狐狸怎么就不能成佛呢？而百丈从其请，也是糊涂。举一落二，还是掉在因果里面去了，不能超拔。

但到底应该如何？或者是连这个问号也是全无必要的。借用《金刚经》中的言语方式就是：所谓因果，既非因果，是名因果也。既然因果是"所谓"的，是"既非"的，那还有什么话好说呢？说因说果，也还是落在名相里去，所以不说了。

磨砖成镜 赜藏主

马祖①居南岳②传法院,独处一庵,唯习坐禅,凡有来访者都不顾,师③往彼亦不顾。师观其神宇有异,遂忆六祖谶④,乃多方而诱导之。一日,将砖于庵前磨,马祖亦不顾。时既久,乃问曰:"作什么?"师云:"磨作镜。"马祖云:"磨砖岂得成镜?"师云:"磨砖既不成镜。坐禅岂能成佛?"祖乃离座云:"如何即是?"师云:"譬牛驾车,车若不行,打牛即是?打车即是?"又云:"汝学坐禅,为学坐佛。若学坐禅,禅非坐卧。若学坐佛,佛非定相。于无住法,不应取舍。汝若坐佛,即是杀佛。若执坐相,非达其理。"马祖闻斯示诲⑤,豁然⑥开悟。

《古尊宿语录》⑦卷一

【注释】

①马祖(709~788):即马祖道一,南岳怀让之法嗣。俗姓马,法名道一,汉州什邡(今属四川)人,唐代洪州宗创建者,被其后人尊为"马祖"。

②南岳:指南岳怀让(677~744),南禅宗六祖惠能弟子,俗姓杜,金州(今陕西省安康市汉阴县)人。弘法于南岳福严寺,其后有临济、沩仰二大宗支弘扬于世。著名弟子有马祖道一等。

③师:指南岳怀让禅师。

④谶：此处意为预言或悬记。

⑤示诲：开示教诲。

⑥豁然：指开悟。豁，裂开、打开的意思。

⑦《古尊宿语录》：佛教禅僧语录汇编，共四十八卷。为宋代禅僧赜藏主编集。尊宿，谓受人尊敬的前辈，与长老、大德等同义。语录汇编了自中唐至南宋前期南岳怀让一系（惠能门下两大法系之一）几十家"尊宿"的语录，故名。此书全部照录各家语录，但附有《行状》《塔记》等，多为《景德传灯录》等所不载，故对于研究南岳怀让一系的思想和"宗风"特点，有一定的参考价值。

【赏读】

这个公案很有意思，是一个很好的教学成功的案例。

我们看到很多禅门公案，都是纯粹的言语问答，且问与答，多是无厘头式的，譬如"麻三斤""吃茶去"或者"镇州出大萝卜头"等，据说也是为了破除学人的执迷，但毕竟这样的教学，很容易导致误会和混乱，对于后世禅门模仿抄袭之风的泛滥，起到了引发的作用。但这则公案却很不同。根据相关的记载，南岳怀让是六祖惠能的弟子之一，对于南禅宗顿悟法门的传播起了很大的作用，这就与他不同一般的教学方法有很大关系。教学方法得当，能够让学人弟子真正开悟，从事业传续的角度来讲，是至关重要的。因为，不管你自己多么高明厉害，如果你的思想、事业无人继承，用佛教的话来说，也就是没人继续"荷担如来家业"，那也就只能是"断了香火"。

这则公案里面的另一个主角马祖道一，正是一个这样的重要弟子。马祖道一不但开创了"洪州宗"，而且他的门下也是"英雄辈出"，如百丈怀海、南泉普愿、丹霞天然等，都是了不起的人物。

从公案的记述可知，马祖到南岳那里修禅，最初与同在一座山上的怀让禅师毫无瓜葛。他自己搭了个庵棚，就整日坐禅。但怀让禅师知道了他后，就主动找上门去，试探几次后，知道寻常的言语道理没有作用，就在马祖身边的石头上磨起砖头来了。如此，时间一久，这坐禅的马祖感到奇怪，又或者是觉得被打扰了，就问，你磨那砖做什么？怀让说，磨了做镜子。这就进一步引起了马祖的好奇心，什么，砖头能磨成镜子？于是，机缘成熟，怀让禅师就说，你也知道砖头磨不成镜子？那么你坐禅就能坐成佛了吗？如此一问，就让马祖顿然明白了这磨砖做镜的深意。底下的对话，开示教诲，也就顺理成章。如果没有这磨砖的奇异举动，像马祖这样自视很高的人，你单纯地去给他讲道理，是没有作用的。因为，他根本就懒得听。

因为"磨砖成镜"这样一个奇异教学方法，马祖不但成为了怀让的弟子，而且成为了他的禅法思想的主要继承人。直到现在，在南岳衡山上，还有磨镜台遗迹存留。当然，这也可能是后世的人根据这则公案造出来的。但不管怎样，这样启迪式的教学方法，都是值得提倡的。

所谓佛教，其实就是"佛陀的教育"或"佛陀思想的教学"而已。禅宗既然是佛教的一支，那么也就具备着这样的一个特点或者说是使命，就是教育更多的人懂得佛陀的思想，觉悟真理，而非执迷于某种形式或表象。

一口吸尽西江水 赜藏主

上堂,举,庞居士问:"不与万法为侣者,是什么人?"师①云:"待汝一口吸尽西江水,即向汝道。"又问:"不昧本来身,请师高着眼。"师直下觑②。士③云:"一等没弦琴④,唯师弹得妙。"师直上觑。士礼拜。师归方丈⑤,居士随后,云:"适来弄巧成拙。"

《古尊宿语录》卷一

【注释】

①师:此处指马祖道一禅师。

②觑:看。

③士:指庞居士。

④没弦琴:没有琴弦的琴。此处指不发出声音的琴。

⑤方丈:佛教寺院一般用方丈指称方丈和尚。"方丈"是寺院的最高领导者,相当于企业公司的董事长职位。同时,佛寺方丈又负有教导弟子、引领众修的老师责任。

"方丈"的原意,是指寺院的长老或住持所居之处。《维摩诘经》载,身为菩萨的维摩诘居士,其卧室一丈见方,但能广容万千大众。佛寺比附此说,故名。至唐代,怀海禅师建立《百丈清规》,里面的住持制度规定,方丈专指住持的居室,并用为对一般寺院住持僧的尊称。

【赏读】

庞居士，全名庞蕴，湖南衡阳人，是马祖道一的得法弟子之一，也是有唐一代居士之中的著名代表人物，很有点"中国维摩诘"的样子。他在未学禅之前，与丹霞天然禅师一样，都是一心奔赴科举考场去"选官"的儒生。在去选官的途中，二人又都改变了方向，相伴投入了"选佛"的道路，结果，丹霞天然在石头希迁那里剃度出家，做了和尚，而庞蕴则投到马祖道一门下，坚持白衣身份，做了个白衣居士。

但他这个居士，与一般那些进了寺院门就知道烧香叩头的"居士"大不相同。在他心中，是没有什么僧俗黑白之分的，可以分的只有觉悟程度，只有离佛法的距离远近。所以，他无论自己修行还是与人交际，都始终处在"法中"，而非法外。

这则公案，就是庞居士向马祖道一问法的一个写照。虽然与马祖道一是师徒关系，但在佛法真理面前，并没有尊卑的分别。所以，他问道一："不与万法为侣者，是什么人？"道一不答，却说："待汝一口吸尽西江水，即向汝道。"其实，就是要他自己去想的意思。因为，无论如何，他再有本领，一口吸尽西江水也是不可能的。但庞居士也并不退缩，而是继续提问："不昧本来身，请师高着眼。"我们知道，不昧，就是不隐藏的意思。不昧本来身，就是不隐藏本来的身份，但却要"请师高着眼"。道一却又反其意而"直下觑"。如此，庞居士就有点受不了啦，只得说："一等没弦琴，唯师弹得妙。"但令这位庞居士更加意外的，是道一没有理会他的高帽子，又给他来了个"直上觑"。如此，一个"直下觑"，一个"直上觑"，当然不是游戏，也不是无厘头，而是"此时无声胜有声"，直接击碎了学生庞蕴的分别心。所以，他不得不向老师检讨了："适来弄巧成拙。"

即心是佛 赜藏主

问:"如何是佛?"师①云:"即心是佛。"

问:"离四句绝百非,请师直指西来意。"师云:"我今日无心情,汝去西堂问取智藏②。"僧至西堂问,西堂以手指头云:"我今日头痛,不能为汝说得,汝去问海兄③。"僧去问海兄,海兄云:"我到这里却不会。"僧回举似师,师云:"藏头白,海头黑。"

……

问:"和尚为甚么说即心即佛?"师曰:"为止小儿啼。"曰:"啼止时如何?"师曰:"非心非佛。"

《古尊宿语录》卷一

【注释】

①师:此处指马祖道一。

②智藏(735~814):此处指西堂智藏。俗姓廖,虔化人,唐代著名禅师,马祖道一门下,洪州宗传人。唐宪宗谥大宣禅师,唐穆宗谥大觉禅师。智藏八岁出家,二十五岁受具足戒,后投道一门下修学。马祖曾经派他向南阳慧忠国师问学,他也曾参礼牛头宗径山法钦。他与百丈怀海、南泉普愿,合称洪州门下三大士,其中又以智藏在道一门下时间最长,也最得道一信任。在道一过世后,由智藏任西堂和尚,继续领导僧团,故人称西堂智藏。

③海兄：即百丈怀海。

【赏读】

"即心是佛"与"非心非佛"，是马祖道一所创"洪州禅"的基本理念。"即"就是指当下即是。也就是说，当下之心，即是佛心。这与《楞伽经》中"如来藏自性清净"是同一思想脉络，但显然圆融了般若空宗的思想而展示出简易、直截的中国化禅风，从而奠定了之后南宗禅的基本理论框架。

非心非佛，则是继承了《金刚经》中的哲学思想——通过否定、否定之否定，来破除后世学人对于现象的执迷，而领悟事物的本质属性。非心非佛，是针对即心即佛而言的，但又是对于前者的补充和圆满。

"离四句"，亦源于《楞伽经》。《楞伽经》多次提到"离四句"。《楞伽经》卷二有"此四句离，是名一切法"的表述。

关于"藏头白，海头黑"，有个典故。白和黑，是指当时男人所戴的白帽和黑帽。据说有两个强盗，一个戴白帽，一个戴黑帽。戴黑帽的强盗最后用计谋又抢走了戴白帽强盗所抢来的东西。就是说，戴黑帽的强盗比戴白帽的强盗更狠更无情。"藏头白，海头黑"，就是喻指百丈怀海比西堂智藏更为彻底更直截了当。西堂智藏只是推说头痛，似乎他不头痛的话，还可能给问者一个答复；但百丈怀海则不然，他对问者就很直截了当地告知：我这里，也不会。由此，百丈怀海在马祖道一"洪州宗"禅系中的地位，犹如孔门中的曾参一样。其后他以卓越的组织和管理能力，拟定《百丈清规》，奠立了中国禅宗僧团此后的组织框架，从而成为了中国禅宗史上一位划时代的人物。

至于马祖道一禅师的"为止小儿啼"，纯粹是应机答对，只为破除学人的偏执一处而已。

衣荷食松 释普济

明州大梅山①法常禅师②者,襄阳人也。姓郑氏。幼岁从师于荆州玉泉寺。初参大寂③,问:"如何是佛?"寂曰:"即心是佛。"师即大悟。遂之隐居明州大梅山深处。唐贞元中,盐官④会下⑤有僧,因采拄杖,迷路至庵所。问:"和尚在此多少时?"师曰:"只见四山青又黄。"又问:"出山路向甚么处去?"师曰:"随流去。"僧归举似盐官,官曰:"我在江西时曾见一僧,自后不知消息,莫是此僧否?"遂令僧去招之。师答以偈曰:

摧残枯木倚寒林,几度逢春不变心。
樵客遇之犹不顾,郢人那得苦追寻。
一池荷叶衣无尽,数树松花食有余。
刚被世人知住处,又移茅舍入深居。

《五灯会元》卷三

【注释】

①明州大梅山:明州,即今浙江宁波。大梅山,在今浙江省宁波市境内,属天台山脉。

②法常禅师:生卒年月不详。参马祖道一"即心是佛"而开悟,住大梅山,故后人称其为"大梅法常"。

③大寂：指马祖道一。"马祖"是其后世徒孙对他的尊称。"道一"是其法名。大寂是他圆寂后，官方（皇帝）给他敕封的谥号。

④盐官：指杭州盐官海昌院齐安国师，海门郡人也。俗姓李。与法常同为马祖道一弟子。

⑤会下：门下之意。

【赏读】

这是一则我很喜欢的公案，当然也可以说是一个故事。因为，在这段公案故事里，有很细致很动人的情节，这是与其他一般只有几句问答的公案所不同的。

大梅法常禅师，从《五灯会元》里面简短的记载来看，算是大寂的弟子。大寂就是马祖道一禅师了，南宗禅的一位重要继承者。但大梅法常一开始从师的地方，则是荆州玉泉寺。这个地方，却是北宗禅的重要发源地之一，被后世禅徒称为"北宗祖师"神秀的弘法处。

大梅和尚也是个有主见的僧人，在马祖那里得到一句"即心是佛"的回答后，其他就都舍去了，然后独自一人跑到大梅山里隐居了起来，开始修这个"即心是佛"而不顾其余。当许多年后，终于有马祖的另外一个弟子盐官齐安发现了他，想要寻他出山。他不但没有出山，反而写了一首诗偈给这位师兄弟，告诉他自己在山中过得很好。"一池荷叶衣无尽，数树松花食有余。"我什么也不缺啊，真是衣食无忧。

我最近刚好读到日本人中野孝次写的一本书《清贫思想》，里面介绍日本过去年代里的一些著名人物，他们大多是僧人，写作和歌俳句，过简单清贫的生活。譬如良宽、芭蕉，等等。但如果将这些日本圣贤们的"清贫生活"拿来与大梅法常的"衣荷食松"做比较的话，就还是逊色不少。这大梅法常禅师，真正是一个"不食人间烟火"的苦行者,连佛陀时代那种靠乞食维持生命的方式都超越了。而且,还"刚被世人知住处,又移茅舍入深居"。他是刻意地要远离这个尘世社会的,以免清明的修行生活被沾染打扰。

　　这首诗或者说偈,写得很好。如果不是后世徒孙的代笔,那说明这位虽然在禅宗历史上并无大名的大梅法常禅师,还是一位诗人,并且功夫不在一般俗世作家之下。能用诗的方式将清贫思想表达得这样准确生动,也实在难得。

　　据说,现在的终南山中,也还有一些坚持"清贫思想"的修行者。但是,据我在云南沙溪居"半山茅舍"几年的经验,要想达到大梅法常这样的境界,不能说绝对,但基本上是很难实现了。唉,中国的人口,比之唐代的时候,不知增加了多少倍。而且,因为要发展经济,就到处进行旅游开发。据说在终南山那里,旅游开发也已经紧锣密鼓地开始了。中国大地上,哪里还会有一块安静的地方可以让人隐居和静修呢?

梅子熟也 释普济

大寂闻师①住山，乃令僧问："和尚见马大师②得个甚么，便住此山③？"师曰："大师向我道'即心是佛'，我便向这里住。"僧曰："大师近日佛法又别。"师曰："作么生？"曰："又道'非心非佛'。"师曰："这老汉惑乱人，未有了日。任他非心非佛，我只管即心是佛。"其僧回举似马祖，祖曰："梅子熟也！"

《五灯会元》卷三

【注释】

①师：此处指大梅法常禅师。
②马大师：指马祖道一。
③此山：指大梅山。在今浙江省宁波市境内，属天台山脉。

【赏读】

这段公案，是在大梅法常写了一首诗偈回复盐官齐安之后，盐官又告诉了马祖道一。作为师父，当然会关心曾在自己座前问法的人，他到底学到了点什么，境界又是如何。知道他住山去了，自然高兴，但也还是想要勘验一下。于是派人去问。在古代僧人那里，入山清修苦行也不是一件随便任何人都可以做的事情。如果没有坚实的正确思想做指导，不是受不了山中清苦而退缩，就是走火入魔而残废。所以,马祖就派人去探望一下这位大梅法常。

大梅法常很老实地回答来人,我住山就是因为听了马祖的一句"即心是佛",所以才能够住在这里。不想那去探望的僧人却说,马大师最近的佛法又不一样了。大梅问变成了什么,那僧说,马大师又说"非心非佛"。如果是那没有分辨能力的人,一定会不知所以了吧。"即心是佛"与"非心非佛",好像完全不是一回事了啊。但大梅法常却说,这老汉惑乱人,未有了日。任他非心非佛,我只管即心是佛。

其实,马祖道一的"佛法",还就真的是这么一条发展路线:即心是佛——非心非佛——平常心是道。

法常不为他所惑的原因,就是马祖无论在表述上怎么变化,其实质意义并无差别,都不离一个"心"字。看住了你自己的一颗清净心,就是识得了如来佛心。但你又不要执着于这个"心"。所谓心,即非心也。"心"也只是一个名相,是认识佛性的场所路径,而非佛性本身。

还我核子来 　释普济

　　僧问禾山①："大梅恁么道②，意作么生③？"禾山云："真师子④儿。"庞居士闻之，欲验师实，特去相访。才相见，士便问："久向大梅，未审梅子熟也未？"师曰："熟也。你向甚么处下口？"士曰："百杂碎⑤。"师伸手曰："还我核子来。"士无语。自此学者渐臻⑥，师道弥著⑦。

《五灯会元》卷三

【注释】

　　①禾山：生卒年月不详。是与大梅法常、庞居士及盐官齐安同时的禅僧。

　　②恁么道：南方古方言，意为是这样或如此说。

　　③作么生：南方古方言，意为做什么、干什么或什么意思。

　　④师子："狮子"的别写，含威猛、厉害之意。

　　⑤百杂碎：南方古方言，破开、粉碎的意思。

　　⑥学者：此处为学习者或学禅者之意。

　　⑦师道：大梅法常的禅学主张和修学方法。

【赏读】

　　这则公案很简单，不过如果现代人来读，一开始遇到的拦路虎，就是这里面随处可见的南方古方言了。这则一百来字的对话，就有四个这样的拦路虎。而且，即便你是南方人也没有用，因为这些拦路虎是唐代的，现在的你大概也是认不得它们真面目了。所以，就只有看了注释，才能知道它们到底"作么生"。

　　这则公案，继续了《五灯会元》里面关于大梅法常的故事。他先是被师兄盐官齐安的门下在山中发现了踪迹，传出一首他"衣荷食松"的诗偈。而后是师父马祖道一派人去追寻勘验，得到个"梅子熟也"的大表扬。这一下子，隐居在深山中的大梅法常，在当时的"禅界"就算是名声大振了。因为，那表扬他的师父，是当时"禅的江湖"中作为领袖之一的江西马祖道一啊。用现在的话说，这就叫"一举成名天下惊"，也自然成为了大家茶余饭后甚至殿堂之上讨论的对象。于是，就引出了庞居士的"疑情"探问。庞居士在当时，作为马祖道一得意的在家弟子，素有"东方维摩诘"的美誉，不但悟性好，而且"才华过人"，诗词文章，下笔便成。所以，看了大梅法常的诗偈，又听了师父的赞誉，就有点好奇心生起。于是，决定亲自入山访问，勘验一下这颗"梅子"是真熟还是假熟。

　　这段公案虽然简单，不过还颇有点"小说的技巧"在里面。一开篇，先是禾山的大力赞扬，然后才是庞居士的出场。可谓铺垫到位，给主人公大梅法常来了个人没出场声威已至的效果。而且，这禾山禅师，也不是一般人物。由他来赞美表扬主人公，自然效果更好了。果然，等到庞居士和大梅法常出场后"一交手"，高低立现。虽然庞大居士的攻势可谓凌厉，但大梅法常更像是真正的武林高手，以静制动，举手投足间，就化凌厉于无形。一个"还我核子来"，就让庞居士有口难开了。

　　当然，这些公案故事都是大梅法常才学不凡的弟子后人们撰写创作的，自然是完全地倾向于自家的师父祖门，不会向着他庞居士，这个也都是常情俗理，在哪儿都一样。不过，虽然如此，我还是真心喜欢这则公案。而且，也是真心喜欢这位坚持"清贫修行"的大梅法常和尚。

适来哭，如今笑 赜藏主

百丈怀海禅师，福州长乐人也。师参马大师为侍者，檀越①每送斋饭来，师才揭开盘盖，马大师拈起一片胡饼②示众云："是甚么？"每日如此，师经三年。

一日随侍马祖路行次，闻野鸭声。马祖云："什么声？"师云："野鸭声。"良久马祖云："适来③声向什么处去？"师云："飞过去。"马祖回头，将师鼻便搊，师作痛声。马祖云："又道飞过去？"师于言下有省。却归侍者寮，哀哀大哭。同事问曰："汝忆父母耶？"师曰："无。"曰："被人骂耶？"师曰："无。"曰："哭作甚么？"师曰："我鼻孔被大师搊得痛不彻。"同事曰："有甚因缘不契？"师曰："汝问取和尚去。"同事问大师曰："海侍者有何因缘不契。在寮中哭。告和尚为某甲说。"大师曰："是伊会也，汝自问取他。"同事归寮曰："和尚道，汝会也，教我自问汝。"师乃呵呵大笑。同事曰："适来哭，如今为甚却笑？"师曰："适来哭，如今笑。"同事罔然。明日马祖升堂才坐，师出来卷却簟④，马祖便下座。师随至方丈，马祖云："适来要举转因缘。你为什么卷却簟？"师曰："为某甲鼻头痛。"马祖云："你什么处去来？"师云："昨日偶有出入，不及参随。"马祖喝一喝，师便出去。

《古尊宿语录》卷一

【注释】

①檀越：施主之意。亦即施与僧众衣食，或出资举行法会等法事活动的人。音译为陀那钵底、陀那婆。梵汉兼举称作：檀越施主、檀越主、檀那主、檀主等。

②胡饼：指来自西域的馕。唐代控制新疆等西域地区后，该地区饮食及制作方法也随之引入汉地。

③适来：刚刚，刚才。

④簟：竹席。

【赏读】

百丈怀海，是马祖道一"洪州宗"的重要接法传人。怀海是唐代以降佛教丛林制度《百丈清规》的制定者，对此后的禅宗发展，起到了重大的规范引领作用。怀海门下，出了个了不起的徒孙叫临济义玄，形成了中国禅宗至今最盛的宗门"临济宗"。

这则公案，讲述的依然是一个师生教学的故事。百丈怀海的开悟，是来自一次对于野鸭子的观感，来自一次被师父扭鼻头的痛。但这痛没有白痛。他因痛而哭而笑，因为他悟了。这才是最要紧的。他悟了什么呢？佛法？真理？还是……他不必说，也不能说。于是，就来点行为艺术表示表示吧。师父刚刚升堂"要举转因缘"，他却不等老和尚开口说话，便"卷却簟"，逼得老和尚只好"下座"回屋去了。这如果是在之前，作为侍者，打死他也是不敢的。

唉，难怪人常说"真理在心，石头变金"。悟前与悟后，那是绵羊与狮子的区别呀。

禅宗的奥妙处，就在这里，全在这里。

超师之见 赜藏主

一日师①谓众曰:"佛法不是小事。老僧昔被马大师一喝,直得三日耳聋。"黄檗闻举,不觉吐舌。师曰:"子已后莫承嗣马祖去么?"檗曰:"不然,今日因和尚举,得见马祖大机大用②,然且不识马祖。若嗣③马祖,已后丧我儿孙④。"师曰:"如是如是,见与师齐减师半德,见过于师方堪传授。子甚有超师之见。"檗便礼拜。

《古尊宿语录》卷一

【注释】

①师:此处指百丈怀海。

②大机大用:所谓的"大机",当指深悟佛法之不二法门,不为细琐表象所迷。所谓"大用",当指能将所悟佛法灵活运用,接引后辈学人。

③嗣:接续、继承之意。也指其子孙后人。

④丧我儿孙:丧,多与"亡"字相连而用。丧亡,失却、断灭也。此处指子孙丧亡不继。

【赏读】

这一段公案,又是对话式的常见模式。别的倒也寻常,都是灯录案卷中随处可见的言语。唯有这"见与师齐减师半德,见过于师方堪传授"一句,确是为师者不可不铭记在心的至理名言。若为师者能持此见,要么无可传授之人,要么一旦得之,必是不可一世,有虎龙之象,而后彰显人间,播风散雨。

斩草伐木 　赜藏主

问:"斩草伐木掘地垦土。为有罪报相否?"师①云:"不得定言有罪,亦不得定言无罪,有罪无罪事在当人。若贪染一切有无等法,有取舍心在,透三句不过,此人定言有罪。若透三句外,心如虚空,亦莫作虚空想,此人定言无罪。"又云:"罪若作了,道不见有罪,无有是处。若不作罪,道有罪,亦无有是处。如律中,本迷煞人及转相煞,尚不得煞罪,何况禅宗下相承?心如虚空,不停留一物,亦无虚空相,将罪何处安着?亦云禅道不用修,但莫污染。亦云但融冶表里心尽即得。亦云但约照境,只如今照一切有无等法,都无贪取,亦莫取着。亦云合与么学,学似浣垢衣,衣是本有,垢是外来。闻说一切有无声色如垢腻,都莫将心凑泊。菩提树下三十二相八十种好属色,十二分教属声。只如今截断一切有无声色流过。心如虚空相似,合与么学,如救头然始得。临命终时寻旧熟路行,尚不彻到。与么时新调始学无有得期,临终之时尽是胜境现前。随心所爱重处先受,只如今不作恶事,当此之时亦无恶境,纵有恶境亦变成好境。若怕临终之时慞狂不得自由,即须如今便自由始得。只如今于一一境法,都无爱染,亦莫依住知解,便是自由人。如今是因,临终是果。果业已现,如何怕得?怕是古今,古若有今,今亦有古。古若有佛,今亦有佛。如今若得,直至未来际得。只如今一念一念不被一切有无等法管。自古自今,佛只是人,人只是佛。亦是三昧定，不用将定入定，不用将禅想禅，不用将佛觅佛。如云法不求法，法不得法，法不行法，法不见法，自然得法。不以得更得，所以菩萨②应如是正念于法。"

《古尊宿语录》卷一

【注释】

①师：这里的"师"，还是百丈怀海。

②菩萨："菩提萨埵"之略称。菩提萨埵，又作菩提索多、冒地萨怛缚，或扶萨。意译为道众生、觉有情、大觉有情、道心众生等，意即求道求大觉之人、求道之大心人。菩提，觉、智、道之意；萨埵，众生、有情之意，与声闻、缘觉合称三乘，又为十界之一。即指以智上求无上菩提，以悲下化众生，修诸波罗密行，于未来成就佛果之修行者。亦即自利利他二行圆满、勇猛求菩提者。对于声闻、缘觉二乘而言，若由其求菩提（觉智）之观点视之，亦可称为菩萨；而特别指求无上菩提之大乘修行者，则称为摩诃萨埵、摩诃萨、菩萨摩诃萨、菩提萨埵摩诃萨埵、摩诃菩提质帝萨埵等，以与二乘区别。此外，由于菩萨是佛位的继承人，因此也称之为"法王子"，这个语词的音译为"究摩罗浮多"，意译又称为"童真"。

【赏读】

我选这段公案来读，有一个缘故。学佛修禅之人，大概都曾面对过一个问题，那就是杀生。杀生，一般而言就是指杀害人类或其他动物。但杀害植物算不算杀生？如果算，那我们这些所谓的素食者，每天吃蔬菜果实，岂不是也在每天杀生吗？我是带了这个问题，来读这则公案的。这则公案开篇便提出了这个问题。不过，百丈禅师的说法，倒也有用。罪与非罪，不在罪否本身，而在人在心。这个不是标准答案的答案，虽然玄乎，但却符合佛法禅意，不容置疑。而最后的这段话，则更加合我心意："自古自今，佛只是人，人只是佛。亦是三昧定，不用将定入定，不用将禅想禅，不用将佛觅佛。如云法不求法，法不得法，法不行法，法不见法，自然得法。不以得更得，所以菩萨应如是正念于法。"

于是乎，我明白了。杀不杀生，是植物，是动物，抑或是人类，都不很重要。重要的是"自然得法"，是"正念于法"。

巍巍堂堂 赜藏主

筠州①黄檗断际禅师②,讳希运,乃福州人也。师初到洛京③,行乞吟添钵声④。有一妪⑤出林扉间云:"太无厌生⑥。"师云:"汝犹未施,责我无厌,何耶?"妪笑而掩扉。师异之,进而与语,多所发,须臾辞去。妪告之曰:"可往南昌见马大师。"师至南昌,大师已迁寂⑦。闻塔于石门⑧,遂往瞻礼。

时百丈大智禅师,庐于塔傍。师序其远来之意,愿闻平日得力句。百丈乃问:"巍巍堂堂从何方来?"师曰:"巍巍堂堂从岭南来。"丈曰:"巍巍堂堂当为何事?"师曰:"巍巍堂堂不为别事。"便礼拜。

《古尊宿语录》卷二

【注释】

①筠州:唐武德七年(624)改米州置,以地产筠篁得名。治高安(今江西省高安市)。次年即废入洪州。五代南唐保大十年(952)复置,仍治高安,辖境相当于今江西省高安、宜丰、上高、万载、樟树等市县。宋太宗太平兴国六年(981),析高安、上高各一部置新昌县(今江西省宜丰县新昌镇)。

②黄檗断际禅师:即黄檗希运,谥号断际。

③洛京:指当时的京城洛阳。

④行乞吟添钵声:当时风俗,行乞者在人家门口吟唱出声,主

人听到即出而为乞讨者施食。

⑤妪：老妇人。

⑥太无厌生：太，非常之意。无厌，不知足。生，指人，亦为语气助词。

⑦迁寂：圆寂（死亡）。

⑧塔于石门：古代有身份的僧人，多行塔葬。

【赏读】

　　黄檗希运禅师是个了不起的大和尚。他的出生地是福建泉州那里，后来游方到了当时的都城洛阳。行乞时，遇到一个老婆子，什么也没有施舍给他却骂他太贪婪很讨厌。但却又告诉他，你要想学禅啊，就去江西找马祖道一去吧，也就是要他去"走江湖"，而不是"逛京都"。"江湖"二字，在当时的禅林中很响亮。江，指的就是江西南昌的马祖道一；湖，就是湖南衡山的石头希迁。这两位禅师当时的名气不相上下，于是禅道上就流行起了"走江湖"的说法。连当时很多要进京赶考博取功名"选官"的儒生，如后来著名的丹霞天然禅师、庞蕴庞大士，都在半途改变了方向，投入到了"走江湖"的"选佛"队伍里。

　　但是，这位年轻的希运和尚，等他赶到江西南昌的时候，马祖道一已经圆寂了，只有马祖的高徒，后来被称为百丈怀海的禅师，搭了个棚守在师父的墓塔边。于是，他便投到了怀海门下，成了百丈怀海的弟子，也算是间接地学习继承了马祖道一的禅法。而在他的门下，后来出了个了不起的僧人——义玄，就是后来闻名天下的"临济宗"创立者临济义玄禅师。

　　巍巍堂堂，本来是形容山体的高大耸立和端庄整齐，但在这里，却成了百丈怀海禅师最初见到黄檗希运时的第一印象，并脱口说了出来。可见，黄檗希运仅从外貌形象，就很能第一眼征服人。不过，佛教从来的观点是，人的凡体肉身，不过就是承载法身（思想灵魂）的车辆而已，或者是盛放法身的器物，也就是所谓的臭皮囊一具，是无所谓高低美丑的。一个禅门中人，到底能不能得到后世的敬仰，还是要看你的修行，也就是你说了些什么，写了些什么，又做了些什么。或者，也许最为要紧的，是你教出了什么样的弟子传人。如果门下弟子都是平庸之辈，佛法无传，宗门当灭。而如果徒弟超越了师父，那才是宗门之幸。可惜啊，这只是古时候的风气。如今的寺院风气，则又不同了。

掩耳而去 赜藏主

　　百丈一日问师①："甚处来?"师云："大雄山下采菌子②来。"丈云："还见大虫③么?"师作大虫声,丈拈斧作斫势,师与丈一掌。丈吟吟而笑,即归上堂云："大雄山下有一大虫,汝等诸人,也须好看。百丈老汉今日亲遭一口。"

　　师在百丈,普请④开田次。丈问："运阇梨⑤开田不易。"师云："随众作务。"丈云："有烦道用。"师云："争敢辞劳。"丈云："开得多少田?"师将钁筑地三下。丈便喝。师掩耳而去。

《古尊宿语录》卷二

【注释】

　　①师：此处指黄檗希运禅师。
　　②菌子：蘑菇。
　　③大虫：老虎的俗称。
　　④普请：也就是"普遍延请"的意思,指寺院集合所有僧众,进行"出坡"的集体劳动或其他相关活动。
　　⑤运阇梨：运,黄檗希运的简称。阇梨,也作"阇黎","阿阇黎"的省称,意为高僧大德,也泛指僧人、和尚。

【赏读】

　　这则公案里面的前后两段,仔细读来,其实是互不相干的。我甚至想，这虽然是黄檗的后人执笔撰写，但却又绝对不是一个人。或者后面一段，是在历代的流传抄写中，生生地加进去的。因为，这本应一致的两段文字，笔法语气却全然不同。不过，其中的意思，倒是连贯得很，就是通过百丈怀海的口，来表扬黄檗希运的好。这样的手法，在古今的小说艺术中，倒是运用得颇多，叫作烘托法。

第一段，假百丈之口，将黄檗比成那威武厉害的"大虫"，并告诉众人，我都被他咬了一口了，你们可要分外小心了啊。这样的师父对于弟子的表扬，确实很到位。第二段与第一段毫不相干，是另外的一件事。而且明显地，显出了这师徒二人仿佛初见时的生分与客气。但更加地突出这位"师"，也就是黄檗希运的聪明和悟性，不同一般。只是，这样的"以不答为答"的故事如果见多了，也就懒得再去寻思其中的深味，最后也只好"掩耳而去"了吧。

临济普化 赜藏主

师①一日同普化②赴施主家斋次,师问:"毛吞巨海,芥纳须弥,为是神通妙用,本体如然?"普化踏倒饭床③。师云:"太粗生④。"普化云:"这里是什么所在,说粗说细?"师来日又同普化赴斋,问:"今日供养何似昨日?"普化依前踏倒饭床。师云:"得即得,太粗生。"普化云:"瞎汉,佛法说什么粗细。"师乃吐舌。

师一日与河阳木塔长老⑤,同在僧堂地炉内坐。因说普化每日在街市掣疯掣颠,知他是凡是圣?言犹未了,普化入来,师便问:"汝是凡是圣?"普化云:"汝且道我是凡是圣?"师便喝。普化以手指云:"河阳新妇子,木塔老婆禅。临济小厮儿,却具一只眼。"师云:"这贼。"普化云:"贼、贼。"便出去。

一日,普化在僧堂前吃生菜,师见云:"大似一头驴。"普化便作驴鸣。师云:"这贼。"普化云:"贼、贼。"便出去。

《古尊宿语录》卷四

【注释】

①师:这里指的是临济义玄。

②普化:生卒年月不详,亦不知姓氏出处。他是与临济义玄同时代的僧人,言行放浪不羁,怪异有如济公,但又时时处处不离佛

心禅意。在临济义玄的弘法过程中，其成为临济义玄亦师亦友的助手。他的怪异禅法与临济义玄的禅法结合后，被传往日本，在日本形成了"普化宗"，"普化宗"奉这位疯癫的普化禅师为鼻祖。

③饭床：饭桌。

④太粗生：当时俗语，意为粗鲁、野蛮。生，语气助词。

⑤河阳木塔长老：生卒年月不详，是与临济义玄、普化禅师同时代的僧人。

【赏读】

这位与临济义玄同时代的普化和尚，确实是很"与众不同"。其疯癫程度，除了不"酒肉穿肠过"而外，一点都不逊于济公和尚。

这样的和尚，往往成为民间传说中通灵通神的对象。在他与临济义玄的对答中，他的风格可见一斑——在全无章法中，却又不离佛法。这样的修行，虽然不是主流，却也不离宗旨。而且，也正因为其怪诞，所以往往更能够吸引人们的目光。

据传说，普化和尚为盘山宝积禅师的法嗣，后赴镇州（今河北省正定县），言行伴狂，悲号歌舞，常往来于城市、坟冢间，手振一铎，口中诵偈，时人称奇。其时，河南府有张伯者，因倾慕普化之风范，遂以竹管仿其铎音，称之为"虚铎"。其后又有张参、张金、张范、张雄等人传承其风。张参曾入舒州灵洞护国寺修禅。时值日本僧人觉心来华，与张参为同门，一日闻张参吹奏虚铎，叹赏其清调妙曲，就从其教，尽得秘奥。后觉心携张参之徒宝伏（法普）、僧恕（宗恕）、国作（国佐）、理正等四人返日。在纪州由良创建兴国寺，于山内建普化庵，是为日本普化宗之滥觞，现今该地仍称为普化谷。

临济义玄的禅法直至今日，还是中国佛教的主流。而普化禅师的禅风，也只有在他乡异国的日本还有传承。

不过，作为一个连姓氏都不愿人知的僧人来说，他也是毫无遗憾可言的吧。

三圣瞎驴 赜藏主

师①临迁化②时据坐云:"吾灭后,不得灭却吾正法眼藏。"三圣出云:"争敢③灭却和尚正法眼藏。"师云:"已后有人问你,向他道什么?"三圣便喝。师云:"谁知吾正法眼藏,向这瞎驴边灭却。"言讫④,端然示寂⑤。

《古尊宿语录》卷五

【注释】

①师:此处还是指临济义玄。

②迁化:圆寂,死亡。

③争敢:怎敢。

④言讫:说完。

⑤示寂:显示圆寂相,亦即死亡。

【赏读】

这是临济义玄临死之时对于弟子的"痛骂"。为何一个将死的大师,要如此骂弟子呢?只为他觉得这弟子太不争气,太不成才。他只知道比葫芦画瓢地学师父,却根本不知道师父的精神旨趣在哪里。对于师父来说,还有比这个更加痛心悲哀的吗?所以,临济义玄才将这位"三圣"和尚骂做"瞎驴"。这是因为,他知道正法眼藏的佛法就会断灭在这样的不肖之徒手上,岂能不痛不怒?

唉，可怜一代大师，竟也有如此不幸遭遇！

这又让我想起传说中的释迦牟尼，当他证悟之时，魔王波旬去捣乱，种种招数使尽都不管用，就在临退去时对释迦牟尼说，以后我就让我的魔子魔孙们，都穿上你那样的袈裟，败坏你的门风教法，看你如何？释迦牟尼沉默了，并且流下无可奈何的眼泪。他是在为不能避免的正法劫数而哭啊。这临济大师的最后痛骂，也如释迦当初一样，是无可奈何的最后发声。我想，如果我当时在场，还一定能够看到，这位临济大师，死时眼是圆睁着的——他死不瞑目啊。

不过，这位被骂的三圣慧然禅师，后来证明还是很优秀的，是临济义玄不可多得的传法弟子，记述临济大师言行的《临济录》就是这位三圣慧然禅师编撰出来流传后世的。

我子天然 _{释普济}

邓州①丹霞天然禅师②，本习儒业③，将入长安应举，方宿于逆旅④，忽梦白光满室，占者曰："解空⑤之祥也。"偶禅者⑥问曰："仁者⑦何往？"曰："选官⑧去。"禅者曰："选官何如选佛⑨？"曰："选佛当往何所？"禅者曰："今江西马大师出世，是选佛之场。仁者可往。"遂直造江西，才见祖⑩，师⑪以手托幞头额。祖顾视良久，曰："南岳石头⑫是汝师也。"遽抵石头，还以前意投之。头⑬曰："著槽厂⑭去！"师礼谢，入行者房，随次执爨役⑮，凡三年。忽一日，石头告众曰："来日划佛殿前草。"至来日，大众诸童行各备锹钁铲草，独师以盆盛水，沐头⑯于石头前，胡跪⑰。头见而笑之，便与剃发，又为说戒。师乃掩耳而出，再往江西谒马祖。未参礼，便入僧堂内，骑圣僧⑱颈而坐。时大众惊愕，遽报马祖。祖躬入堂，视之曰："我子天然！"师即下地礼拜曰："谢师赐法号。"因名天然。

《五灯会元》卷五

【注释】

①邓州：今河南省邓州市。

②丹霞天然禅师（739~824）：唐代著名禅师，法号天然，因驻锡南阳丹霞山（在今南召县），故称丹霞天然，或丹霞禅师。籍贯

不详。原习儒业,应科举途中偶遇禅僧,乃转入佛门。首参马祖,后礼石头,随侍三年,披剃受戒,再往谒马祖,受"天然"之法号。曾驻锡天台山华顶峰三年,其后至余杭径山参礼道钦禅师。唐元和年间(806~820)至洛阳龙门香山寺,与伏牛自在禅师结为莫逆之交。丹霞天然禅师曾有"烧木佛取暖"之奇行,有讥之者,丹霞天然禅师应答无滞碍,以此广为人知。

③儒业:科举制度下的中国,读书人称为儒生。儒生大多以读书应举为业务,故有此名。明代李东阳《明故封大中大夫梁公墓志铭》载:"乡有识者……皆遣子弟就儒业,多至若干人。"清吴敏树《程日新先生家传》云:"子孙繁盛,多能继儒业者。"

④逆旅:此处指旅馆、旅舍。

⑤解空:佛教主张诸法为空。对"空"的理解领悟和解说阐释,称为"解空"。

⑥禅者:修学禅法之人。或出家或在家,没有职业或身份限定。

⑦仁者:指有德行的人。唐代佛门中人对他人的尊称。

⑧选官:指儒生去赴科举做官。

⑨选佛:指到寺院为僧为祖。

⑩祖:指马祖道一。

⑪师:此处指丹霞天然禅师。

⑫南岳石头:即南岳衡山的石头希迁禅师,当时与马祖道一齐名,是南禅宗的领袖之一。

⑬头:即石头希迁禅师。

⑭槽厂:此处指寺院里劳务做工的场所。

⑮执爨役:爨,烧火做饭。《广雅》注:爨,炊也。此处指到伙房劳动。

⑯沐头:洗头。

⑰胡跪:胡谓胡地,是古代中原人对所谓"西域"的称呼,那

里的人，也就叫作"胡人"。此处的"胡跪"，就是胡人半蹲半跪的一种日常礼仪姿势。唐代时随着西域的不断被征服，此种礼仪也传入中原，并为佛门改造借用，作为一种向尊者致敬的礼仪方式——右膝着地，竖左膝危坐，倦则两膝姿势互换，故而又称为"互跪"。

⑱圣僧：指寺院里敬奉的祖师僧人像。

【赏读】

这则公案很有趣，完全可以当作小说来读。

这丹霞天然禅师，一出场就显示出是一个绝顶聪明的人。他本是儒生，要去当时的京城长安博取功名，也就是所谓的"选官"。但在路上听人说这"选官"不如"选佛"。于是，他便临时改变了前进方向，奔赴江西找马祖道一去了。他是读书人，自然比一般的樵夫或庄稼汉懂得怎样引人注目，当然，也是见识超群，所以一见马祖就来了个"以手拓幞头额"的行为艺术，但马祖还是没有收纳他，却把他支到了湖南的石头希迁那里，说他才是你的师父。他到了石头希迁那里，又来了一个"以手拓幞头额"的表演，石头希迁倒是没打发他再去别处，而是立即让他"著槽厂去"当火头军。这一干就是三年，似乎被人遗忘了。于是，他不得不自己制造一个转变命运的机会了。当石头希迁要带领大家去殿前铲草的时候，他不铲草，却端一盆水在石头希迁面前洗起头来。于是，逼得石头希迁也笑了，不得不给他剃度。

按照一般规矩，既然给他剃度了，作为剃度师，自然就得给他说说这戒律啊规矩啊什么的。但这位却不愿听，爬起身掩耳就跑，再次跑到了马祖道一那里。并且，去就去吧，他也不去参拜什么的，而是跑到僧堂上，跳脚爬到大家敬奉的祖师像上坐了，简直像大闹天宫的孙猴子，吓得那些大大小小的和尚们急急忙忙去报告老和尚。老和尚就是马祖道一。马祖一来，就认出了这个当初被他打发走的

"捣蛋鬼"回来了,说不上是欢喜还是惊口道出:"我子天然!"于是,这位在石头希迁那里还无名无号的沙弥,从此就以"天然"为号了。后来他到了河南南召的丹霞山建寺弘法,成为开山之祖,于是"丹霞天然"的大名就流布天下。

其实,这则禅门的公案故事,与当下流行的诸多励志故事相比一点都不逊色。首先,你既然确定了自己的未来方向,你就不能人云亦云,步人后尘。你得有自己的"绝活",你得能吸引最高领导的注意。而一旦遭遇挫折,你还要懂得忍辱忍耐,在忍耐中寻找突破的机会。并且,不要以为一次成功就是永远的成功,你还得去不断地创造或发现更多的机会,吸引更多的关注。只有这样,你才能成为一个成功者,成师成祖直至成佛。

不过,官场毕竟不同于道场。假如这位丹霞天然禅师将这一种作风用在官场上,效果如何就很难说了。但他在道场上的运用,可以说是一个非常成功的典范。至少,我就很喜欢他这貌似天真玩赖,实则深契禅理佛法的游戏方式。

卷四

丹霞烧佛

丹霞烧佛 释普济

唐元和①中（丹霞天然）至洛京龙门香山②，与伏牛和尚③为友。后于慧林寺遇天大寒，取木佛烧火向，院主呵④曰："何得烧我木佛？"师以杖子拨灰曰："吾烧取舍利⑤。"主曰："木佛何有舍利？"师曰："既无舍利，更取两尊烧。"主自后眉须⑥堕落。

《五灯会元》卷五

【注释】

①元和：唐宪宗在位时年号，约为805~820年间。

②龙门香山：指洛阳龙门香山寺。

③伏牛和尚：生卒年月不详。为马祖道一法嗣，洛阳香山寺僧人。

④呵：叱责。

⑤舍利：俗称舍利子，原指佛教祖师释迦牟尼火化后留下的遗骨和珠状宝石样生成物，因而又称佛骨、佛舍利。其后亦指高僧死后焚烧所遗之骨头。舍利形状有圆形、椭圆形、莲花形，颜色也不同，有白、黑、绿、红色等。佛教认为，舍利子的形成与修行者生前的修行有密切关系。舍利子是一个人透过戒、定、慧的修持，加上自己的大愿力所得而来的，所以十分稀有、宝贵。

⑥眉须：眉毛与胡须。

【赏读】

  这是一则自唐代流传至今的禅门公案，也是为数不多争论至今的著名公案之一。对于大多数佛教的信徒们来说，要么是感到不可思议，要么是感到这不过是古人做的一件古怪事而已，与自己与现实中的佛寺和僧人都没有什么实际的关系。即便是丹霞之后的历代佛门长老，也都告诫弟子或信徒们，这个事情，他做得，你做不得。千万千万，不可照葫芦画瓢去学习。不然，那可是非常不可宽恕的一桩大罪，是要下地狱去的行径。

  为什么呢？因为他是丹霞天然，你不是。

  当然，这样的事情，大概也只有丹霞天然才能够做得出来。只要对他出世之后的行为风格稍微了解，也就不会感到有什么讶异了。这与他一贯的凌厉机智作风相始终、相一致。他所有的言语作为，都在常情之外，又都在佛法之中。他不能不引人注目，甚至他就是为了招惹世人的议论纷纷。他总是做出别人想都不敢想的事情来，譬如这烧木佛取暖。但他的这些不在常情常理中的怪异，却又都深契禅理佛法精神，是一种大彻大悟的体现。所以，他之后，没有哪个僧人再烧过木佛，或者将泥土的石头的或铜铁金银的佛像拿去烧。没悟的，不敢。悟了的，不需要。

  他那个年代，大概是没有关于文物保护的法律的，甚至没有"文物"这样的一个概念。历史即便再十分久远的佛像菩萨像，不管是什么材料做成的，也都不会被列入"文物"的名单中。如果现在的哪个僧人想要学丹霞天然的样子，院主无须言语，只要拨打一个报警电话，恐怕你说什么道理也都没有用处了吧。

  而且，从这件事上来看，丹霞天然禅师不但悟性超群、善于言辩，而且他还是个成功的策划大师，是一个善于化平庸为神奇的人生命运的策划大师。被人关注，吸引世人眼球，而又"契理合法"，振振有词，这是多么了不起的行动啊！我真是对他佩服得很。

但是，这个怪异的公案，也还存在着另外一种简单而无须延伸的解读。他就是因为天冷，想要取暖，一时又找不到其他合适的取暖材料，就把一尊几案上供奉的木佛给拿来烧了。接着，被院主呵斥后，他"烧取舍利"的辩说，只是一种被逼之下临时的机巧应对而已。至于"主自后眉须堕落"，大概就是这位天然禅师的徒子徒孙们，为了烘托他制造这一事件的正确性，而专门设计出来的情节吧。

南泉斩猫 _{释普济}

师①因东西两堂②各争猫儿,师遇之,白众曰:"道得即救取猫儿,道不得即斩却也。"众无对,师便斩之。赵州③自外归,师举前语示之,赵州乃脱履④安头上而出。师曰:"汝适来若在,即救得猫儿也。"

《五灯会元》卷三

【注释】

①师:此处指南泉普愿禅师。

②东西两堂:指分别住在寺院东边和西边不同僧舍的两部分僧众。

③赵州:即赵州从谂(778~897)。从谂是其法名,俗姓郝,曹州(今山东省菏泽市)人。是禅宗史上一位震古烁今的大师。他幼年出家,后得法于南泉普愿禅师,为禅宗六祖惠能大师之后的第四代传人。唐大中十一年(857),80岁高龄的从谂禅师行脚至赵州,受信众敦请驻锡观音院,弘法传禅达40年,僧俗共仰,为丛林模范,人称"赵州古佛"。其证悟渊深、年高德劭,与福建雪峰义存禅师都享誉南北禅林,时人称"南有雪峰,北有赵州"。赵州禅师住世120年,圆寂后,寺内建塔供奉其衣钵与舍利,谥号"真际禅师"。

④履:鞋靴。

【赏读】

南泉斩猫这则公案，在所有的有争议禅门公案中，是最具争议性的。

而我，每读到这个公案，就禁不住要为南泉叹息。老和尚也算是一代名僧了，竟然干了一件不但令佛门惊诧，而且即便是世间俗人，也大多不会做的蠢事。

就在众僧默然的时候，还是有人清醒着。赵州从谂那时虽然还不是"赵州"而仅是"从谂"，只是南泉普愿的徒弟，但明显在修为识见上，已经在南泉之上了。他看到了师父南泉的本末倒置。于是，就将鞋子脱下来，顶到了头上——以此来向南泉提出批评。

南泉本来是想用一种过激的行为，来警醒众僧的执迷，不想自己不但犯了杀戒，而且还起了个很坏的引导作用。假如以后他的弟子们都向他学习，凡发生了争执之事，就杀生毁物，那会是什么情景？若那被争的不是一只猫，而是一个人，难道也要将那被争的人斩掉了事吗？或者被争的是一座佛殿，是一座城池，难道也要将其毁灭了来解决问题？

猫本无过，奈何斩之？

解决纠纷的方法，是至关重要的。假如南泉将那被争的猫从众僧手中解救出来，放生或归于全寺共有，不是也能解决问题吗？看来，南泉是明白僧做了件糊涂事。

苍天苍天 释普济

师①访庞居士,见女子灵照②洗菜次,师曰:"居士在否?"女子放下菜篮,敛手而立③。师又问:"居士在否?"女子提篮便行。师遂回。须臾居士归,女子乃举前话。士曰:"丹霞在么?"女曰:"去也。"士曰:"赤土涂牛。"又一日访庞居士,至门首相见。师乃问:"居士④在否?"士曰:"饥不择食。"师曰:"庞老在否?"士曰:"苍天!苍天!"便入宅去。师曰:"苍天!苍天!"便回。

《五灯会元》卷五

【注释】

①师:此处指丹霞天然禅师。
②灵照:庞居士女儿,也是著名禅者。
③敛手而立:敛,聚集、收起的意思。此处指将双手收起来站在那里。
④居士:此处指庞蕴居士。

【赏读】

丹霞天然禅师与庞蕴庞居士,同是由儒入佛。又都是投在当时的宗门领袖石头希迁和马祖道一门下。在师承的法脉关系上说,二人各有偏倚:丹霞天然被计入石头门下,庞蕴居士则被划入马祖法系。但二人都是在"江(西)湖(南)"之间来来往往的,禅风也就很接近。

庞蕴是湖南衡阳人,由此可知,这段公案发生的地点,是在庞居士的家乡衡阳了。丹霞天然当时应该还没有到河南南召的丹霞山搭庵居住,而是在衡阳的寺院里,并且离庞居士的家,不是很远。不然,这来来去去的反复,是不可能的。

据相关史料记载,庞蕴的一家,就是一个"禅化"家庭,也就是说,全家修禅,而且境界都不一般。有一段记述庞居士一家化亡圆寂的故事,说是一家人争先恐后用不同的方式去圆寂,犹如奔赴一场欢乐的盛宴,毫无恐惧之意。可见,他们都修到了生死了然的境界上。这个公案里面出现的庞蕴居士的女儿灵照,更是抢在父亲之前圆寂,其禅学的境界,如其父一样不可思议。

丹霞天然与庞居士一家的亲近,自有禅的同修关系,也有着出身儒门的底色相近,且在对于禅的领悟和弘传上,有着相近的理念和作风。

路遇翁童 释普济

师①因去马祖处,路逢一老人与一童子。师问:"公②住何处?"老人曰:"上是天,下是地。"师曰:"忽遇天崩地陷,又作么生?"老人曰:"苍天!苍天!"童子嘘一声。师曰:"非父不生其子。"老人便与童子入山去。

《五灯会元》卷五

【注释】

①师:此处指丹霞天然禅师。

②公:指老人。

【赏读】

这则公案,犹如一首现代朦胧诗一样。若单从字句上去看,每一句都是朴素明白的,没有什么难懂之处。但若将这些字句连在一起来读,却又云里雾里,感觉难窥其究竟。

记得有一个关于孔子拜师的故事。孔子一次带着弟子们赶着马车出行,路上,一群童子在那里戏耍玩乐。他们玩乐的方式,也是我童年经常干的那种,在久旱无雨的土路上,收拢浮土建城造屋。也就是北方人俗称的"过家家"。正在一群孩子玩得高兴时,孔子的马车到了。赶车的弟子就呵斥驱赶那些孩童,要他们让开道路。孩子们一哄而散,唯有一个男孩独立在自己建造的"城廓"中不去。孔子问他为何不让，他说，这里是城廓，你的马车应该绕城而行，而不是我舍城让你通过。孔子觉得有理，就让弟子赶着马车绕行过去。但走不多远，孔子从车上下来了，回头来与这位叫项橐的七岁男孩交谈。一问一答之间，孔子深感这位七岁孩子智慧超人。他提的问题，连身为人师的自己都无法回答。于是，孔子甘当学生，就拜了这位七岁的孩子为师。所以，之后中国的民间，就有了"有智不在年老少"的说法。而这里的丹霞天然禅师，遇到的是一老一少两位。他要去马祖道一那里的寺院，似乎也无急事要办，所以就随便地问那老者，你住在哪里呀？那老者大概看他是个僧人，也就打起了禅语来说，上是天，下是地。却就是不告诉他，我就住在这儿。这丹霞天然禅师，本来就是一个天性中极善辩的人，所以兴起，就反问诘难道："忽遇天崩地陷，又作么生？"作么生，就是怎么办的意思吧。那老者却就叫了起来：苍天！苍天！小孩子则嘘的一声。谁也没有回答他的问题，但又都让他不能再继续问下去。于是，这位以善辩闻名的丹霞天然，败在了这一老一少的父子手上。

这样的一个公案，到底意义在何处呢？如果你非要我说，我也只好嘘你一下，或者"苍天！苍天"地乱叫几声。但你能不能如丹霞天然禅师那样，觅得其中旨趣，这却要看各自的造化本领了。

丹霞卧桥 释普济

元和三年①，于天津桥②横卧③，会留守④郑公出，呵之不起。吏问其故，师徐曰："无事僧。"留守异之，奉束素⑤及衣两袭，日给米面，洛下⑥翕然归信⑦。至十五年春⑧，告门人⑨曰："吾思林泉终老之所。"时门人齐静卜南阳丹霞山⑩结庵⑪，三年间玄学者至盈三百众，建成大院。

《五灯会元》卷五

【注释】

①元和三年：唐宪宗元和三年为公元808年。
②天津桥：洛阳古桥。始建于隋，废于元代。初为浮桥，后为石桥。隋唐时，为连接洛河两岸的交通要道，十分繁华。桥上有四角亭，桥头有酒楼。著名的"天津晓月"为洛阳古"八大景"之一。天津桥遗址经考古发现，在今洛阳桥附近。
③横卧：横躺在地上。
④留守：古代官职名。唐代洛阳时为陪都，故设留守作为行政首长进行管理。
⑤束素：古代礼品，多为捆束起来数量一定的丝绢衣料。
⑥洛下：指洛阳。
⑦翕然归信：意即一致皈依信奉之。翕然，一致，聚集。归信，皈依，信仰。

⑧十五年春：即唐宪宗元和十五年（820）春。

⑨门人：此处指弟子。

⑩南阳丹霞山：在今河南省南阳市南召县城东北18公里处，山中有一座丹霞寺。

⑪结庵：指将草木连接起来后搭建起来的屋舍。庵，指不对外开放，只供独自或数人居住修行的较小场所。

【赏读】

丹霞天然禅师，在佛教禅门中，可算得上是"千古一人"了。他太善于挑战了。不但敢于将人生道路上的选官改为选佛来挑战自我，也敢于通过"烧木佛""骑圣僧"等来挑战佛门的诸多禁忌，还敢于"横卧"在京都的天津桥头，来挑战世俗的皇权官威。当然，这些都有一个前提，就是都必须"有惊无险"，都必须能够干得出来，说得"有理"，而非完全的无畏无赖。

一个人，要想成名成功，不但要博学有知识，能干有才华，还要能把握对自己有利的时机来表现给人看，特别是那个能够改变你命运的人。更为重要的是，在没有机缘的情况下，自己能够去创造机缘。丹霞禅师在这方面，可谓高手。

但是，他既然是一名僧人，获取无论是佛门或是世俗的名闻利养，都不是目的，而只是一种机巧和方便。那么他的最终目的是什么呢？当然是弘法利生，是证悟涅槃。所以，他虽然在京城洛阳有了盛名，皈依信奉者无数，但他最终还是选择了将"林泉"作为"终老之所"。于是，在门人的帮助下，他选择了南阳的丹霞山，在那里结庵弘法。也由于他的名声很大，所以追随的人就多，一座小庵自是不够用的，于是就进行扩建，成为"大院"，也就是后来大家都知道的丹霞寺了。直到今天，人们提到南阳的丹霞山，还是必须要说到丹霞寺，说到这位丹霞天然禅师的诸多传奇故事。

吃了么 圜悟克勤

丹霞①问僧:"甚处来?"僧云:"山下来。"霞云:"吃饭了也未?"僧云:"吃饭了。"霞云:"将饭来与汝吃底人还具眼么?"僧无语。

《碧岩录》卷八

【注释】

①丹霞:此处指丹霞天然禅师。

【赏读】

丹霞之所以为丹霞,就是因为他最后的归宿之地,在河南西南的丹霞山。而河南人有个乡俗,就是每到吃饭的时候,路上或什么地方遇到熟人,就问一声:"吃了吗?"这个吃,当然是指吃饭。我小时候,由于粮食少,早晚两顿饭,就都是"喝红薯茶",也就是将红薯切成块煮了当饭吃。于是这早晚相逢的问候语,就改成:"喝了吗?"如果现在你到城镇上,见人就问:"喝了吗?"被问的人一定认为你是问他喝酒了没有。因为现在的河南人,也已经不缺粮食了,红薯茶自然也就不是常喝的了吧。

我不知道这丹霞天然和尚,是不是受了河南人这个乡俗的影响?又或者,他本来就是个河南人,不然,天下这么大,干吗要选河南的林泉去归隐呢?不知出于什么原因,这位声名赫赫的丹霞天然和尚，在各种灯录史册中，竟然没有籍贯名姓留下。所以，我才只能猜想，他大概是受了河南乡俗的影响，见了那要去丹霞山的学僧，就问："吃饭了也未？"学僧也老实，就道："吃饭了。"不过，这丹霞和尚接着的问话，就不是河南人的作风了："将饭来与汝吃底人还具眼么？"于是，老实的学僧就只好无语了。

这件事，后来不知怎么就引起了一番僧人间的讨论。保福、长庆，同在雪峰门下，常举古人公案故事讨论。一日说到此案，长庆问保福："将饭与人吃，报恩有分，为什么不具眼？"保福云："施者受者二俱瞎汉。"长庆云："尽其机来，还成瞎否？"保福云："道我瞎得么？"再之后，雪窦禅师据此意，作颂道：

尽机不成瞎，按牛头吃草。
四七二三诸祖师，宝器持来成过咎。
过咎深，无处寻，天上人间同陆沉。

其实，很多此类公案，所谓的复杂，都是后世解读出来的。那些读过书的僧人就不用说了，即便是胡兰成那样的投机文人，不也能绕来绕去地啰唆出许多吗？想来，这些大概也与禅门无干。

随处住山去 释普济

澧州①药山惟俨禅师②，绛州韩氏子。年十七，依潮阳西山慧照禅师③出家，纳戒于衡岳希操律师④。博通经论，严持戒律。一日，自叹曰："大丈夫当离法自净，谁能屑屑事细行于布巾邪？"首造石头之室，便问："三乘十二分教某甲粗知，尝闻南方直指人心，见性成佛。实未明了，伏望和尚慈悲指示。"头曰："恁么也不得，不恁么也不得，恁么不恁么总不得，子作么生？"师罔措⑤。头曰："子因缘不在此，且往马大师处去。"师禀命恭礼马祖，仍伸前问。祖曰："我有时教伊扬眉瞬目，有时不教伊扬眉瞬目，有时扬眉瞬目者是，有时扬眉瞬目者不是，子作么生？"师于言下契悟，便礼拜。祖曰："你见甚么道理便礼拜？"师曰："某甲在石头处，如蚊子上铁牛。"祖曰："汝既如是，善自护持。"侍奉三年。一日，祖问："子近日见处作么生？"师曰："皮肤脱落尽，唯有一真实。"祖曰："子之所得，可谓协于心体，布于四肢。既然如是，将三条篾束取肚皮，随处住山⑥去。"师曰："某甲又是何人，敢言住山？"祖曰："不然！未有常行而不住，未有常住而不行。欲益无所益，欲为无所为。宜作舟航，无久住此。"师乃辞祖返石头。

《五灯会元》卷五

【注释】

①澧州：今湖南澧县，位于湖南省西北部，澧水中下游，洞庭湖西岸。

②药山惟俨禅师（737~834）："药山"为其号，因居澧州药山而得。"惟俨"为其法名，乃石头希迁之法嗣。绛州（今山西省侯马市）人，俗姓韩。惟俨是禅宗南宗青原系僧人，曹洞宗始祖之一，他是联系马祖道一禅系和石头希迁禅系的重要人物，在禅宗历史上有着举足轻重的地位。

③慧照禅师：即临济义玄禅师。"慧照"为其谥号。

④希操律师：俗姓笞，生卒年月不详。为中唐时期南岳著名律师，一生度人无数。其弟子中有不少是禅宗大师，因此他与禅宗有不解之缘。

⑤罔措：茫然若失的样子。

⑥住山：一般指一个人到山里修头陀苦行。这里又指住山建立自己的道场弘法授徒。

【赏读】

药山惟俨的这番悟道经历，再一次证明了唐代禅门"走江湖"的生动传奇。

这位惟俨和尚，开始并不学禅，他拜的是一位律师。这里所说的律师，是指专修戒律的僧人，而非现代从事法律诉讼进行辩护的律师。当然，在佛教界中，现在学律的已经很少，能够称得上律师的僧人，就更是凤毛麟角了。民国时期的名僧弘一李叔同，是开始修净土，后来学律，似乎还被其后人冠以律宗第十一世祖师的称号。律宗的修行，要求学者严格依律而行，不得有丝毫变通。所以，律宗在中国修学者寡，近世已经几乎是断绝的状态了。而净土宗与禅宗能够兴盛，则是其符合了中国人的心理和天性。净土宗简单，适合那些没有什么思想文化的人去学，"一句佛号往生西方净土"，是很有诱惑力的。而知识分子则比较钟爱禅宗，因为里面的趣味和智慧很吸引人。并且，也迎合了知识分子都想独立成佛的野心。特别是南禅宗，提倡"即心即佛"的"不假外求"之路，更是让那些弃儒入佛的书生着迷。惟俨和尚，就是受了禅宗这种风格的吸引，才放弃学律而就禅。他先去拜访的是石头希迁，但石头希迁说："子因缘不在此，且往马大师处去。"就把他打发到了马祖道一那里。果然，在马祖那里，他找到了自己，也就是找到了心中的那尊佛。三年后，马祖觉得他学得差不多了，就要他"住山"去。他还不敢："某甲又是何人，敢言住山？"不想马祖却说："不然！未有常行而不住，未有常住而不行。欲益无所益，欲为无所为。宜作舟航，无久住此。"这真是至理名言了。世界上没有一直走着而不停留的道路，也没有常住而不离开的房屋，你还是去找你自己的地方去吧，不要一直待在我这里。于是，这惟俨和尚便只好离开马祖道一，又暂时回到石头希迁那里。最后，却还是找到了一座自己的山头：药山。

唐代的禅门丛林，这一点尤其可爱。大师领袖们，没有互相争夺信徒和互相诋毁的恶习，而是如同一家人那样，看着这个学生在这里不合适，就让他去另外的一家。这样，一个求禅求悟的年轻人，在这行走"江湖"的路上，总会遇到一个适合自己的地方，总会找到一个与自己契缘的老师。也由此，一个个优秀的人才脱颖而出，成就了禅门丛林的一个个不朽传奇。

惟俨后来在药山那里弘传石头希迁和马祖道一两脉禅法，到他的再传弟子洞山良价那里，开创出了与北方临济宗齐名的曹洞宗一派禅法。

石上栽花 释普济

一日在石上坐次,石头①问曰:"汝在这里作么?"曰:"一物不为。"头曰:"恁么即闲坐也。"曰:"若闲坐即为也。"头曰:"汝道不为,不为个甚么?"曰:"千圣亦不识。"头以偈赞曰:"从来共住不知名,任运相将只么行。自古上贤犹不识,造次凡流岂可明?"后石头垂语曰:"言语动用没交涉。"师曰:"非言语动用亦没交涉。"头曰:"我这里针札不入。"师曰:"我这里石上栽华②。"头然之。后居澧州③药山,海众云会④。

《五灯会元》卷五

【注释】

①石头:石头希迁禅师。

②华:同"花"。

③澧州:位于洞庭西岸,澧水下游。今属湖南省澧县。

④海众云会:意指很多人汇集而来。

【赏读】

这个公案,基本是禅门公案里面的最常见格式:对话式,或曰师徒对话式。一般都是弟子提出问题,要师父回答,这叫解疑。又有一种情况,是师父询问弟子,要弟子回答,这叫勘验。这则公案就属于后者。看到弟子惟俨独自在石上打坐，师父希迁便问，你在这里做什么？弟子答，什么也不做。师父说，那么你就是在闲坐了吗？弟子回应说，如果是闲坐，就是在做什么了。师父于是进一步勘验道，你说什么也没做，没做的那个是什么？弟子再答道，千圣亦不识。

  这个"千圣亦不识"，也是禅门中的悟道蹊径，只是看人怎么进出来往。千圣，就是所有的圣贤之人，在这里当然就是指的佛菩萨了。所以，师父希迁听到这里，知道这个弟子，也就像马祖道一评价弟子大梅法常那样是"梅子熟了也"。于是以一首诗偈来给予了肯定。但公案到这里并没有结束，而是有了进一步的推进。石头希迁再次用语言激发弟子，弟子则针锋相对，全不相让，却又都在理趣中。一个说"我这里针札不入"，一个就答"我这里石上栽华"。勘验的工作进行到这个程度，基本上就算完成了。师父已经可以完全放心，这个弟子会成为一棵大树，荫庇一方已经没有问题了。果然，后来惟俨禅师离开师父到了澧州的药山那里，成为一方的禅门领袖，演绎出诸多流传至今的禅门公案故事来。

枯荣都从他 _{释普济}

道吾①、云岩②侍立次,师③指按山上枯荣二树,问道吾曰:"枯者是,荣者是?"吾曰:"荣者是。"师曰:"灼然一切处,光明灿烂去。"又问云岩:"枯者是,荣者是?"岩曰:"枯者是。"师曰:"灼然一切处,放教枯淡去。"高沙弥④忽至,师曰:"枯者是,荣者是?"弥曰:"枯者从他枯,荣者从他荣。"师顾道吾、云岩曰:"不是,不是。"

《五灯会元》卷五

【注释】

①道吾:指潭州道吾圆智禅师(769~836),豫章海昏(今江西省修水县)人,俗姓张,他是药山门下的大弟子。圆智亦号宗智,世称"智头陀"。

②云岩:指云岩昙晟(781~841),俗姓王,建昌县(今江西省永修县)人。少时于靖安县石门山泐潭寺出家,初从奉新百丈怀海学佛,侍奉20年,后转从石头希迁禅师弟子药山惟俨,言下顿悟,始得心印,承嗣青原下三世。长期住持修水县云岩禅院,法号昙晟,也有人称云岩禅师。昙晟所著《宝境三昧》为曹洞宗重要文献之一。

③师:此处指药山惟俨禅师。

④高沙弥:澧州(治所在今湖南省常德市)人,俗姓及籍贯不

详。药山惟俨禅师之法嗣,深受师父器重。悟道后药山惟俨要他去受戒,却被拒绝,认为那不过是没有用处的外表形式。终身以沙弥身份住庵接众弘法,世称"高沙弥"。

【赏读】

　　这则公案,依然是师父对于弟子的勘验。道吾和云岩,是药山惟俨门下的两大弟子,后来直接继承了惟俨的禅风并发扬光大。但是,在这则公案里面,二人还没有真正地悟道。惟俨指着山上一枯一荣的两棵树,分别问二人:"枯者是,荣者是?"道吾答"荣者是",云岩答"枯者是",这时候一位姓高的沙弥刚好到来,惟俨就也把这个问题让他回答,高沙弥则答"枯者从他枯,荣者从他荣"。这三人,到底哪个回答得对呢?惟俨禅师并没有给出个什么标准答案。但是,学禅者最基本的常识,就是要放下分别心,所以这"枯者是"还是"荣者是"的问题,其实并不是问题,只是一道勘验题而已。如果非要打分的话,高沙弥是可以打满分的,而道吾和云岩这两位惟俨的得意弟子,却只能打零分。为什么,在宗门里面,一念错,便是全错,没有俗世社会中的半错或百分之几错这样的划分。

　　而这位得了满分的高沙弥,又到底是何许人呢?怎么他的见识悟性,就能在他人之上?据有限的史料记载,这位高沙弥,就是惟俨禅师所驻锡之地澧州的当地人。他还没有受戒之时,就已经开悟了,但当师父惟俨禅师要他去受戒时,他却拒绝了,说那不过就是个形式而已,不要也罢。可见,这位高沙弥是真的开悟了。

　　对于中国的汉传大乘佛教稍微有些常识的人都会知道,在佛教寺院里面,沙弥就是虽然剃发但却没有受戒的预备僧人。要想成为正式僧人,就必须去受戒,获得一个戒牒,然后在身份上,就算是正式的比丘僧。也只有取得比丘僧的身份,才能在寺院里担任僧职或者是开坛讲法。至于收纳弟子,传承法脉,比丘的身份就更是不可或缺的一种资格。但是，这位开悟了的沙弥竟然拒绝了。据说，后来他要离开寺院，惟俨不舍，他就说，我在这里不便。惟俨后来答应他离开，却叮嘱他不可离得太远，因为很多事情，还要找他讨论。于是，这位高沙弥就在寺院附近的大路边，摆了个茶摊，为路人解渴，为有缘人做法的布施。

这虽只是一个特例，但却是值得赞叹的一例。

月下披云啸一声 _{释普济}

朗州①刺史②李翱③问:"师④何姓?"师曰:"正是时⑤。"李不委⑥,却问院主⑦:"某甲适来问和尚姓,和尚曰:'正是时。'未审姓甚么?"主曰:"恁么则姓韩也。"师闻乃曰:"得恁么不识好恶!若是夏时对他,便是姓热?"

师一夜登山经行⑧,忽云开见月,大啸一声,应澧阳⑨东九十里许,居民尽谓东家,明晨迭相推问,直至药山。徒众曰:"昨夜和尚山顶大啸。"李赠诗曰:"选得幽居惬野情,终年无送亦无迎。有时直上孤峰顶,月下披云啸一声。"

《五灯会元》卷五

【注释】

①朗州:即今湖南省常德市。

②刺史:唐代官职名。刺史制度始于汉代,唐代沿袭之,为行政区划州一级的军政首长。

③李翱(772~844):字习之,唐陇西成纪(今甘肃省秦安县东)人。是西凉王李暠的后代。唐朝文学家、哲学家。李翱是唐德宗贞元年间进士,曾历任国子博士、史馆修撰、考功员外郎、礼部郎中、中书舍人、朗州刺史、山南东道节度使等职。

④师:此处指药山惟俨禅师。

⑤正是时:正是、就是之意。时,时间,指当下、现在。

⑥不委：不解。
⑦院主：管理寺院日常事务的僧人。
⑧经行：修行者为提高对身体的明觉度和摄受力，锻炼心念对身体的控制，旋回往返于一定之地叫经行。属于四念住修行中的身念住的修行方法。
⑨澧阳：今湖南省澧县。

【赏读】

　　自佛教传入中国，僧人与皇室以及官员的关系，便充斥在各种典籍记录中。在汉传佛教的传说中，佛教的传入，就是因为汉代的汉明帝夜梦金佛，于是派人去西方求取，并用白马驮经而归，建白马寺以奉之。后，又请了天竺来华的僧人住持，于是中国方有了佛经的翻译传播，有了佛寺的大量建造。这样的故事传说，不管真假，但却说明了汉传佛教从一开始，就与统治阶层有着千丝万缕的微妙关系。同样，在标榜"空门"的禅宗各派中，也一样少不了皇家和官员的身影在里面。甚至可以说，很多时候，一位高僧的出世屹立，他的背后要么站着皇帝或贵胄，要么站着一个或多个重量级的官员。没有皇室或官吏的支持，僧人要想在社会上造成影响，并取得在僧团内部的崇高地位，几乎是不可能的。这样的情况，贯穿了整个的中国佛教历史。

　　在漫长的中国历史中，官员甚至皇帝，只要自己愿意，都可以皈依到某位高僧门下，成为弟子。这种信仰的选择，是自由的、自愿的。

　　药山惟俨与李翱，虽然也是僧人与地方大员的交际，但这位地方大员，在惟俨和尚面前，是不能摆出官架子的，而是要执弟子礼，恭敬有加。虽然作为官员，儒家的学说才是为官之道，但并不会妨碍他们对于其他诸如佛、道信仰的选择，也没有政治正确不正确这样的要求。而且，惟俨禅师某夜登山经行，忽见云开月出，一时激动，便大啸一声。不想这一声大啸，不但惊得山下的居民们迭相推问，还啸出刺史李翱传唱千年的一首诗偈来："选得幽居惬野情，终年无送亦无迎。有时直上孤峰顶，月下披云啸一声。"

写到此处，我不由得想到历史上另外一个以啸著名的人，他就是魏晋时期的竹林七贤之一阮籍阮嗣宗，他也是一个爱啸常啸之人。至今在河南省尉氏县城边上，还有一座土丘，称为啸台。有一年我还在开封居住，随着市里的一群诗友到尉氏开笔会，还曾登临啸台怀古过一番。不过，阮籍的啸与惟俨禅师的啸，却有着质的不同。前者是借啸来排郁减愁的，而后者则是看到云开月出时的满心欢喜，是情不自禁的脱口一声。

文忠膝屈 瞿汝稷

欧阳文忠①公，昔官洛中②。一日游嵩山③，却去仆吏④，放意而往。至一山寺，入门修竹满轩，霜清鸟啼，风物鲜明。文忠休于殿陛，旁有老僧，阅经自若，与语不甚顾答。文忠异之，问曰："道人住山久如？"对曰："甚久也。"又问："诵何经？"对曰："《法华经》。"文忠曰："古之高僧，临生死之际，类皆谈笑脱去，何道致之耶？"对曰："定慧力耳。"又问："今乃寂寥无有何哉？"老僧笑曰："古之人念念在定慧，临终安得乱？今之人念念在散乱，临终安得定？"文忠大喜，不自知膝之屈⑤也。

《指月录》卷七

【注释】

①欧阳文忠：即欧阳修（1007~1072），字永叔，号醉翁、六一居士，文忠为其死后谥号。在当时政坛与文坛俱有盛名。官至翰林学士、枢密副使、参知政事。但其主要成就还是在文学方面，故后人将其与韩愈、柳宗元和苏轼合称"千古文章四大家"。欧阳修是在宋代文学史上最早开创一代文风的文坛领袖，他的散文开创了一代文风。欧阳修在变革文风的同时，也对诗风词风进行了革新。在史学方面，也有较高成就。

②洛中：即今河南省洛阳市。

③嵩山：中国名山，五岳之中岳，位于河南省西部，地处登封市西北面，属伏牛山的一支余脉，由东向西绵延30多公里。嵩山群峰耸立，层峦叠嶂，高大雄伟，2004年2月13日被联合国教科文组织地学部评选为"世界地质公园"。嵩山同时也是佛教和道教的圣地，寺庙遍布，其中著名的有佛教少林寺和道教中岳庙等。

④却去仆吏：不带仆役和下属。

⑤膝之屈：即下跪，跪拜。

【赏读】

这则公案故事，主要讲述了北宋的著名文学家欧阳修闲游嵩山时，在一座"入门修竹满轩，霜清鸟啼，风物鲜明"的山寺中，遇一老僧，在生与死的问答之间，欧阳修深受震撼，不由自主地对其屈膝跪拜的情形。

欧阳修当时在洛阳为官。虽然北宋的京都在今天的开封，但洛阳作为宋之前历代的京城，其地位自非一般城市可比。而欧阳修在此地为官，也可见其在官场上地位显赫。而在文坛上，更是属于领袖级别的人物。但他同时又是一位深受佛禅思想影响的人物，"六一居士"的自号，当然不是没有来由的。对欧阳修这样的人物来说，如果不是让他感到真正心悦诚服，一般的僧人道流想要让他屈膝跪拜，几乎没有可能。文人嘛，都有一些傲骨傲气在，何况他还是官员。但就是那位嵩山中一座小小山寺中的无名老僧，一番问答之后，竟然让欧阳修不由自主地就跪拜了下去，这是为什么呢？答案其实也很简单，他不是屈服于人，而是屈服于理。他跪拜的也不是人，而是佛理禅法。那么，那位老僧说了些什么，竟然就能让欧阳修心悦诚服了呢？

首先，欧阳修问这位老僧："古代的高僧，临死之际，都是很从容淡定甚至谈笑之间圆寂而去的，这是怎么回事呢？"老僧答道：

"是定和慧这两种力量的作用啊。"欧阳修又问:"那为什么如今这样的高僧寂寥无有了呢?"老僧笑答:"古代高僧念念都在定慧之中,所以临终从容不乱。而现在的僧人念念都是散乱的,临终怎么能够安定淡然呢?"欧阳修听到这里,在"大喜"之后,"不自知膝之屈也"。

不过,学过哲学的人大概都知道因果律,就是"果由因生"。欧阳修的跪拜是果,而老僧的答语则是因。欧阳修是因为老僧的一番答语而大喜而跪拜的。但这里的问题是,如果欧阳修不懂佛理禅法,老僧的话对他还有用吗?答案也是肯定的:无用。这就如同同样的温度条件下,一枚受精的鸡蛋能够孵出小鸡,而一块石头是无论如何也不能够孵出小鸡的。

欧阳修的"大喜"和"不自知膝之屈也",是因为老僧的话打开了他的一个心结,让他"有所悟",有所收获。这样的收获,是比官升一级或被皇帝赏赐多少的金银财宝更加难得难觅的啊。

智常①锄蛇 释普济

师②划草次,有讲僧③来参。忽有一蛇过,师以锄断之。僧曰:"久向归宗④,元来是个粗行沙门⑤。"师曰:"你粗,我粗?"僧曰:"如何是粗?"师竖起锄头曰:"如何是细?"师作斩蛇势,曰:"与么⑥,则依而行之。"又曰:"依而行之,且置你甚处见我斩蛇?"僧无对。

《五灯会元》卷三

【注释】

①智常:生卒年不详,江陵(今属湖北省)人,俗姓陈。六祖惠能三世法嗣。出家后,得法于马祖道一禅师,元和年间住庐山归宗寺。他目有重瞳,曾用药去除,致双目皆赤,故人称"赤眼归宗"。圆寂后唐文宗谥号"至真禅师"。

②师:此处指智常禅师。

③讲僧:以讲解经论为主要功课的僧人。

④归宗:庐山归宗寺,为智常禅师驻锡之所,亦被作为他的代称。

⑤沙门:意为息心、净志,是对婆罗门教之外其他所有宗教教派和思想流派的总称。沙门思潮兴起于古印度的列国时代,是与婆罗门教相对立的各种思想流派,其中包括佛教。此处"沙门"一词,则指践行佛陀思想的佛教僧人。

⑥与么：这样，如此。

【赏读】

"智常锄蛇"这则公案，能够跻身到诸如"丹霞烧佛""南泉斩猫""呵佛骂祖""婆子烧庵""俱胝断童指"等"禅门十大有争议公案"之列，为无数后世学人禅者关注讨论，自然有其自身的道理。这个道理，就在于公案本身的惨烈和意义的不确定性。公案本身就借助前来参访的讲僧之口，提出了质疑，而智常禅师的辩解，也是仁者见仁，智者见智，莫衷一是。如果说南泉斩猫还勉强可以给出个"为了平息东西两堂僧人的执着心"这样"正当的理由"，那么智常锄蛇是连这样的理由也没有一个的。如果非要说有，那就是这条蛇，不该出现在他的面前，而他刚好又有锄头在手。至于有些辩解者说什么南泉与智常的杀猫与杀蛇，都只是为了教学后生而"虚拟作势，并非真杀"，则是完全忽略了公案本身确切的记录而一厢情愿地胡扯瞎辩了。

这个公案，也与其他的有争议公案一样，只可讨论，而不可模仿。后世的所有长老高僧，在与弟子们谈论这些公案的时候，虽然不会忘记千方百计地化解这些前辈们行为中的血腥和酷烈，给出十分合乎佛理禅法的解释，但也都不会忘记告诫他们的后人，这些事情，可以讨论，可以参究，但绝对不能模仿。原因只有一个：你不是他。他可以，你不可以。当然，这不是"只许州官放火，不许百姓点灯"，而是你的觉悟没有达到那么高的高度，你的修行没有达到那么深的深度。

但是，对于这样的有争议公案，我想我们还是放弃那种奇葩的推理和想象，来一点平常心比较好。我就常常想，如果在这位智常禅师面前的，不是一条蛇，而是一个人，他的锄头会不会也锄下去呢？答案是可以肯定的：不会。因为，杀人是犯法的，是要抵命的，不管你说出多少天花乱坠的理由。而在佛法的原则里面，众生平等。一个人与一条蛇或者一只猫，甚至是一只飞蛾，都是活生生的生命，并没有贵贱高低之分。你杀一只猫或者一条蛇与杀一个人，除了在俗世法律方面承担的责任不同外，在佛法里面又有什么分别呢？而如果真的众生平等，不可分别，那么你和尚杀猫或杀蛇，就是与杀人一样的性质啊。

作为千年之后的后人，我不是想要反对和批判这些禅师们的怪异或奇葩行为，而是记起了佛门里面关于"什么是佛教"的耳熟能详的教诲：诸恶莫作，众善奉行。自净其意，是诸佛教。

智常圆相 释普济

师入园取菜次①,乃画圆相②,围却③一株。语众曰:"辄④不得动着这个。"众不敢动。少顷⑤,师复来,见菜犹在,便以棒趁⑥众僧曰:"这一队汉,无一个有智慧底。"

《五灯会元》卷三

【注释】

①取菜次:取菜期间。

②圆相:圆的图像,亦即圆圈。

③围却:围住。

④辄:就、总是。

⑤少顷:片刻,一小会儿。

⑥趁:此处同"驱",追赶之意。

【赏读】

在这则公案里,是师父对于弟子的试探和勘验。但师父(智常)失败了,失望了。

过去的寺院,大多是保持"一日不做,一日不食"这样的作风的,所以智常禅师虽然门下弟子众多,但还是亲自到菜园中劳动。但就在这"园中取菜"的劳动中,也不忘教导和勘验弟子的修行。他在一株菜的周围画了一个圆圈,然后对身边众弟子们说,这个不能动啊。于是,他的这些弟子们,还真的很听话,谁也不敢去动那株菜。停了一会儿,智常回来检查结果,发现那些弟子们果然如同面对圣物一样面对着那棵被圈着的菜,不敢动一下指头,就发怒了,挥舞着棒子边追打边喊:"你们这一群蠢汉啊,就没有一个有智慧的吗?"

那么,如果其中的某个弟子,不顾师父的"禁令"而将那株菜拔掉,是不是就会受到师父的表扬呢?答案也是不确定的。因为,在禅的语境中,是没有"对或错""正确或不正确"这样的答案的。唯一可以判断的,是你的作为是否"逢机运用"。

但有一点是可以肯定的,就是师父希望弟子学人敢于打破师父或其他权威人士的禁令,而有自己的判断和行动,有一点"呵佛骂祖"的勇气和精神。

芥子纳须弥 释普济

江州①刺史李渤②问："教中所言，须弥纳芥子，渤即不疑。芥子纳须弥③，莫是妄谭否？"师④曰："人传使君⑤读万卷书籍，还是否？"曰："然。"师曰："摩顶至踵如椰子大，万卷书向何处着？"李俯首而已。

《五灯会元》卷三

【注释】

①江州：今江西省九江市。

②李渤（773~831）：字濬之。唐穆宗时，召为考功员外郎。元和十五年（820）十一月，定京考官，他不避权幸，该升则升，该降则降。并上书言宰臣尸位素餐，平庸误国，为权臣所忌，言其性情粗放，越职言事，出为虔州刺史。长庆元年（821），调任江州刺史。文宗时拜太子宾客。工诗文，书、画亦皆可喜。卒年五十九岁。

③芥子纳须弥：佛教语。指微小的芥菜籽中，能够容纳下宏大的须弥山。此处喻指佛法思想，能够容得下世界宇宙。芥子，即芥菜籽，形容其微小。须弥，指古印度传说中的须弥山，也就是我们今天所说的世界最高山峰珠穆朗玛峰，形容其庞大。

④师：此处指智常禅师。

⑤使君：唐代对地方大员的尊称。

【赏读】

　　这则公案，表现了智常禅师的机智。

　　江州刺史李渤向他求教说："须弥纳芥子，渤即不疑。"就是说，这个比较好理解，须弥，也就是须弥山，佛经中所说的雄伟大山。这样的雄伟大山，容纳不要说一粒芥子，就是千百亿万粒，也是没有问题的。但接着，李渤又问："芥子纳须弥，莫是妄谭否？"一粒芥子里面能够藏下一座须弥大山，这是否是虚妄乱说呢？智常禅师该怎样回答这位一方诸侯提出的问题呢？如果用佛教的那些理论概念去解释，估计说来说去，也是说不清楚的。于是，这位智常禅师采取了借喻的机智方便法，先问李渤："听说您读书万卷，是真的吗？"李渤答说不错。于是智常就说："你的脑袋也不过一颗椰子那样大小，你读的万卷书，都在哪里藏着呢？"这一下，李渤不知怎么回答了，只能低头不语。

　　在这里，智常禅师是将李渤的脑袋借来，比喻一粒芥子。你的脑袋不过椰子大小，就能容得下万卷诗书，那一粒芥子容得下一座须弥山，也是没有问题的。这样的比喻，虽然也能说明问题，但从性质来说，属于辩术一类。可见，禅宗的历史中，这样的辩术是作为智慧之一种而被运用被肯定的。

　　其实，这也是佛教创教之初就存在着的一种独特发展模式。佛教的创始人释迦牟尼，就是在与所谓的外道的论辩中，逐渐创立佛教并发展壮大起来的。不过，古代的印度人有个很好的优良传统，就是在论辩中如果输了，就任凭对方提出任何条件，都会心悦诚服地接受。哪怕对方要自己去死，也会毫不犹豫地去执行。所以，释迦牟尼佛最初的弟子中，很多是在与他的辩论中败下阵后，然后皈依到他门下的。

　　但是，这个传统在中国却并不存在。譬如佛教与道教，在历史上就有过很多次的论辩交锋，但无论谁输谁赢，结果也都是互相不服气。然后是继续的争斗，直到一方借助皇权官威，将对方镇压下去。中国佛教史上的几次法难，大多与此相关。

卷五

庭前柏树子

香严击竹 _{释普济}

（香严①）在百丈时，性识聪敏，参禅不得，洎丈迁化，遂参沩山②。山问："我闻汝在百丈先师处，问一答十，问十答百。此是汝聪明灵利，意解识想，生死根本。父母未生时，试道一句看。"师被一问，直得茫然。归寮将平日看过底文字从头要寻一句酬对，竟不能得。乃自叹曰："画饼不可充饥。"屡乞沩山说破，山曰："我若说似汝，汝已后骂我去。我说底是我底，终不干汝事。"师遂将平昔所看文字烧却，曰："此生不学佛法也，且作个长行粥饭僧，免役心神。"乃泣辞沩山。直过南阳睹忠国师③遗迹，遂憩止④焉。

《五灯会元》卷九

【注释】

①香严：法名智闲，青州（今属山东）人，沩山灵祐禅师之法嗣，生卒年月不详。因其常住之地为今河南省淅川县的香严寺，故号"香严"，后世一般称其为香严智闲禅师。他出家后，先从百丈怀海禅师修学，但到百丈圆寂，还没有开悟。于是又转参师兄沩山灵祐，虽然在灵祐身边依然没有契入处，但在离开沩山到邓州香严寺苦行时，终因沩山灵祐的启发而悟，故而他被后人归于灵祐门下为法嗣。也被认为是沩仰宗的传人之一。

②沩山：即沩山灵祐（771~853），唐代高僧福州长溪（今属福

建汭）人，俗姓赵，为百丈怀海法嗣。年十五岁礼本州建善寺法常（《宋高僧传》作"法恒"）律师出家。三年后，受具足戒于杭州龙兴寺。后参百丈怀海，并嗣其法。百丈圆寂后，驻锡湖南省宁乡县的沩山，并开创了禅宗五家七宗之一"沩仰宗"，是为初祖。

③忠国师：即慧忠国师（675~775），唐代越州诸暨（治在今浙江诸暨）人。是唐玄宗、肃宗和代宗三代皇帝都奉持过的一位大禅师。俗姓冉，法名慧忠，世称南阳慧忠国师，谥号大证。是禅宗历史上影响巨大的一位禅师。慧忠国师博通经律，法受双峰，从六祖惠能学禅，受过心印后，入淅川白崖山党子谷（今香严寺）修行四十年之久。唐玄宗在位时，就钦其道誉，将其迎往京城，敕住南阳龙兴寺。安史之乱起，慧忠国师离开京师，隐遁山林。安史之乱后，肃宗派使者持诏再迎至京城，待以国师之礼。敕居千福寺西禅院。代宗即位，优礼有加，迁至光宅寺，长达十四年之久。慧忠说禅，主要是随机说法。他的师长辈，无论是惠能还是神秀，都以开坛直陈大法为主，辅以随机巧说；慧忠则偏于随机巧说，显示了禅风在说法风格上的变化。

④憩止：同"栖止"，停留下来之意。

【赏读】

禅的觉悟，是一个奇异的过程。一千个人，就有一千个不同的模式。并且这个过程是不能设计、不能预期的。但你必须是一个想要觉悟的人，想要解开心中的疑团，才能最后找到解开的方法。烦恼即菩提，就是说，烦恼和疑惑，是前提条件，在这个前提下，不断地思考，不断地求索，不断地用功，而最后虚空粉碎，疑团脱落的一刻，便是身心彻底解放的一刻。

而要抵达这觉醒的驿站，却是外人帮不上忙的，必须依靠自己内心的力量。这个就像是农民种田，自己耕耘，自己播种，自己收获，最后才能真正品味到粮食的味道，并产生甘甜的回味和喜悦。

行者唾佛 瞿汝稷

有道流①，在佛殿前背坐。僧曰："道士莫背佛。"道流曰："大德本教中道，佛身充满于法界②。向甚么处坐得？"僧无对。

又有一行者，随法师入佛殿。行者向佛而唾。法师曰："行者少去就③，何以唾佛？"行者曰："将无佛处来。与某甲唾。"法师无对。

《指月录》卷七

【注释】

①道流：此处指道士。

②法界：佛教与道教都使用的术语。法，泛指宇宙万有一切事物，包括世间法与出世间法。

③少去就：没道理。

【赏读】

山河大地，草木虫鱼，万物皆有佛性。所以，大家就说佛性无处不在，无处不是。而什么是佛性呢？佛性者，觉也。因为所谓的佛，也就是觉者的意思。

这是一般学佛者，特别是禅门中人，都懂得的常识性道理。

上面的公案里面，其实是两个寓意相似的小故事。第一个，是一个道士，来到佛殿里，背对着佛像而坐。这在佛教的一般僧人看来,是对佛的大不敬。要坐,你也得面对佛像,即便不去跪拜,也要表现出恭恭敬敬的样子才对。于是,这佛殿的僧人就提醒道士,说你不要背佛而坐,那样是对佛的不敬。道士就问,你这位佛门大德啊,按照你们佛教的说法,佛身充满法界,也就是充满一切的时间和空间里面,无处不是,无处不在。如此呢,你让我向着什么地方去坐才合适呢?僧人一听,人家说得对啊,于是张口结舌,答不上来了。

这第二个小故事,与道士背佛意思相近。一位行者,跟随一位法师来到了佛殿里面,张口就向着佛像吐出一口痰液。法师就发怒了,对这行者说,你这人好歹也是学佛的,怎么能向着佛像吐痰呢?行者就说,那你给我指出个没佛的地方来,让我来吐。法师听了,虽然生气,却也一时不知怎么应对。

这"道士背佛"与"行者唾佛"的故事公案,其实与"丹霞烧佛"性质一样。你可以说这是破除人们的迷信和执着,但也可以说是一种"以子之矛,击子之盾"的辩术游戏。因为,虽然从常情常理上讲,这道士,这行者,还有丹霞天然,都是不能那么做的。但他们不但做了,而且还振振有词,头头是道,将反对阻止者问得哑口无言。

不过,就这一则"行者唾佛"来说,由于像"丹霞烧佛"一样的酷烈奇特,就不断地引起了后世禅人学者的讨论,也就有人想着该如何应对回答那行者的诘问。

沩仰宗的两位开山者沩山灵祐和仰山慧寂,是这样支招的。

灵祐说:"仁者却不仁者,不仁者却仁者。"而慧寂则设身处地地为那佛殿中的尴尬法师支招:"但唾行者。"就是行者唾佛,你就也一口痰唾到那行者身上脸上去嘛。如果"行者若有语",也就是问你为什么唾他,就向他说:"还我无行者处来。"仰山慧寂这样的招数,也是利用佛性无处不在的法理。既然佛身无处不在,你行者之身也就是佛身了，我唾你，与你唾佛，也就是一样的。

这招数当然狠辣。但也只能运用到双方都懂得佛法精神的人身上。譬如你在街上走动，看到那供着佛像的店铺，你去将一口痰吐上去。那店铺的伙计也不管你佛性不佛性，一定是一顿棍棒招待你了。所以，这种过招，是会者过招，对于对手的挑选，也是至关重要的。

再如那"丹霞烧佛"的故事。如果发生的地方不对，面对的主人不对，结果也就可能完全两样。我曾在大理古城的一家茶舍院中，看到一尊用原木雕刻的观音像，古朴天然，煞是可爱。假如丹霞行到这里，去搬了这作为文物的菩萨雕像来烤火烧舍利，估计不但会挨店老板和服务生的一顿揍，警察也一定会将他关进看守所或精神病院里去。因为你这就是搞破坏。而破坏文物，是犯罪的事情。至于你要讲什么舍利不舍利，一定会把你当作个神经病患者的胡说。所以，这样奇特的弘法方式，在今日的禅门，大概是无人敢再去尝试的吧。

婆子点心 _{释普济}

  鼎州德山宣鉴禅师①，简州周氏子，丱岁出家，依年受具，精究律藏，于性相诸经贯通旨趣，常讲《金刚般若》②，时谓之周金刚。尝谓同学曰："一毛吞海，海性无亏。纤芥投锋，锋利不动。学与无学，唯我知焉。"后闻南方禅席颇盛，师气不平，乃曰："出家儿千劫学佛威仪，万劫学佛细行，不得成佛。南方魔子敢言直指人心，见性成佛。我当搂其窟穴，灭其种类，以报佛恩。"遂担《青龙疏钞》③出蜀。至澧阳路上，见一婆子卖饼，因息肩买饼点心。婆指担曰："这个是甚么文字？"师曰："《青龙疏钞》。"婆曰："讲何经？"师曰："《金刚经》。"婆曰："我有一问，你若答得，施与点心。若答不得，且别处去。《金刚经》道：'过去心不可得，现在心不可得，未来心不可得。'未审上座④点那个心？"师无语。

《五灯会元》卷七

【注释】

  ①德山宣鉴禅师（782~865）：唐代著名高僧。俗姓周，简州（今四川简阳）人。德山宣鉴禅师原本修行北方佛法，而且取得了不错的成就。宋《五家正宗赞》说他"初讲金刚经。名冠成都"。后皈依南禅宗，拜澧州龙潭崇信禅师为师，亲侍逾三十年。武宗时返俗，宣宗时复为僧，懿宗咸通初，应邀住朗州德山，从学者甚众，

时称德山和尚。

②《金刚般若》：即《金刚般若波罗蜜经》（简称《金刚经》），大乘佛教特别是禅宗的重要经典。

③《青龙疏钞》：德山宣鉴禅师所撰讲学《金刚经》的心要体悟。

④上座：对僧人的尊称。

【赏读】

首先，这个公案的题目，就很有意思了，也点出了这则公案的主旨所在。

婆子，就是我们通常看到的，那些在街头路边摆摊设点贩卖物品的老婆婆，是底层的老妇人形象，而非富贵之人。富贵的老妇人，在古代有很多尊称，譬如老太君、老菩萨、老夫人，甚至老佛爷，就是没有被称为老婆子的。但，也就是这底层的老妇人中，却有真佛真菩萨在。至于"点心"这两个字，表面的意思，当然是指她卖的饼，在古代湖南当地，被叫作"点心"。但其深层的寓意，则是说婆子为了开示这位被称为"周金刚"的自负和尚，假手边的饼来喻指《金刚经》中的"心"。"过去心不可得，现在心不可得，未来心不可得。"这是金刚经中很重要的思想内核。但作为专门研究、修学和向人讲授《金刚经》旨趣思想的宣鉴禅师，徒有"周金刚"的名号，却对卖点心婆子的提问只字难答，说明他并没有真正理会《金刚经》的精神旨趣，不明白其核心的思想到底是什么。

那么，《金刚经》中的这个"三心说"，到底指的是什么呢？公案里没有解释，但我们既然要赏读这则公案，就不能绕着走过去。这个"三心说"，如果简单一点讲，还是那句老话：泯灭分别心。什么过去、现在、未来，这种时间概念上的划分，都不过是人为的一种设置而已，对于自然宇宙来说，是不存在这种问题的。所以，

《金刚经》中还有句至关重要的话，与此相互说明："应无所住，而生其心。"不要住在过去、现在、未来这样的人为概念里，这样，你才能真正把握和触摸到"心"这个东西。而所谓的心，也就是佛法真理。实际上，也就是在指示修学之人，应该如何去探索真理，如何明了和把握事物的本来面目。

当然，为德山宣鉴这位之后在禅宗历史上大放光芒的人物进行"点心"开示的婆子，在各种载有这则公案故事的灯录中，是连个姓氏籍贯都没有留下的，我们当然可以认为，这不过是个虚构的故事中虚构的人物而已。只是，这也说明了一个在现实生活中每每存在着，但又往往被忽略了的事实，就是那些真正有真知灼见的人，可能看上去很不起眼，甚至低贱邋遢。而一些表面光鲜、牛气哄哄的人，实则不过是一瓶不满半瓶咣当的家伙。具体到德山宣鉴禅师，我们自然不会去这样认为，因为他在遇到被婆子点心的挫败后，很快在龙潭崇信禅师那里再次碰壁，慢慢地先前的傲慢就没有了，心也安了下来。

德山焚稿 释普济

遂往龙潭①,至法堂曰:"久向龙潭,及乎到来,潭又不见,龙又不现。"潭引身曰:"子亲到龙潭。"师②无语,遂栖止焉。一夕侍立次,潭曰:"更深何不下去?"师珍重便出,却回曰:"外面黑。"潭点纸烛度与师。师拟接,潭复吹灭。师于此大悟,便礼拜。潭曰:"子见个甚么?"师曰:"从今向去,更不疑天下老和尚舌头也。"

至来日,龙潭升座,谓众曰:"可中有个汉,牙如剑树,口似血盆,一棒打不回头。他时向孤峰顶上,立吾道去在。"师将《疏钞》③堆法堂前,举火炬曰:"穷诸玄辩,若一毫置于太虚。竭世枢机,似一滴投于巨壑。"遂焚之。

《五灯会元》卷七

【注释】

①龙潭:此处指龙潭崇信禅师。史料对他的生卒年月及籍贯姓氏等载之不详。"龙潭"的称号,是因他所居的寺院临着一个小溪潭,当地居民多到那里祈求雨泽,所以大家就称他为"龙潭和尚"。

②师:这里指德山宣鉴禅师。

③《疏钞》:即德山宣鉴禅师从川中带出的《金刚经》心要手稿《青龙疏钞》。

【赏读】

这则公案，紧接上则公案，故事性很强，逻辑性也很紧密。大体上，可以分作三个部分。

第一部分，是德山宣鉴禅师挑着他的《青龙疏钞》出川后，要到南方去对那些宣称可以"见性成佛"的魔子魔孙们"搂其窟穴"，但在路上，就遇到一位南方卖饼婆子的狙击。但他虽然饼没吃上，饿着肚子，倒是也没放在心上，继续来到早已闻名的湖南澧州龙潭崇信驻锡的寺院，一进门就进行挑衅，呼叫着说，这里怎么"潭又不见，龙又不现"？龙潭崇信禅师听了，只是微微地动了下身子，对他说了句："子亲到龙潭。"你不是已经在龙潭里面了吗？这下，德山宣鉴不出声。内心虽然还有不服，但也不得不承认，凭着自己的修学，还真是差了一些，所以关键时刻就用不上劲。于是决定住下来再说。

第二部分，则是他真正的悟道因缘了，是这个公案中的核心处。一天夜里，很晚了他还在龙潭崇信禅师的身边侍立。崇信就对他说，这么晚了，你怎么还不回自己屋里去？他于是就告别了要走。但刚走到门口，就又转回头说，外面黑。崇信就点了一支纸烛递给他。他刚要接，崇信一口又吹灭了。于是这位心气高傲的昔日"周金刚"豁然大悟，倒头便拜了下去。崇信和尚问他见到了什么就如此下拜？他说，从此再也不去怀疑天下老和尚的舌头了。

第三部分，是师父龙潭崇信禅师对于弟子德山宣鉴的印证悬语，期盼推举，也是德山宣鉴告别旧我树立新我的宣誓完成。也就在德山宣鉴大悟后的次日，龙潭崇信就升座法堂，对众人说，你们中间有个汉子，"牙如剑树，口似血盆，一棒打不回头"。老和尚很夸张地形容了他这个悟道弟子的厉害。至于"他时向孤峰顶上，立吾道去在"，这在禅门中叫作"悬语"，也就是现代汉语中"预言"的意思吧。但这样的所谓悬语大多是后人为了推举自己的祖师前辈，故作神秘的褒扬之语，属于"事后诸葛"的性质。譬如在这里的这个悬语，就是宋代的临济宗后人编撰出来的。

师父对于这位意外得来的悟道弟子大加表扬后，弟子也要表示心意，将一个新我树立，将一个旧我告别，于是将自己千辛万苦作为武器挑了出川的手稿《青龙疏钞》，堆在法堂前一把火就烧了。这一烧，这位禅门中的硬汉子德山宣鉴，就手中放下了笔墨，却多了几条棒子，直打得后世禅门中的子孙，一个个呼喊不住——悟的悟了，得了大便宜。不悟的跑了，算是白挨一顿。

德山挟复子[①] 释普济

（德山）挟复子上法堂，从西过东，从东过西，顾视方丈曰："有么？有么？"山[②]坐次，殊不顾盼。师曰："无！无！"便出至门首。乃曰："虽然如此，也不得草草。"遂具威仪，再入相见。才跨门，提起坐具曰："和尚！"山拟取拂子。师便喝，拂袖而出。沩山至晚问首座："今日新到在否？"座曰："当时背却法堂，着草鞋出去也。"山曰："此子已后向孤峰顶上盘结草庵，呵佛骂祖去在！"

《五灯会元》卷七

【注释】

①复子：行头、包裹。

②山：指沩山灵祐禅师。

【赏读】

德山禅师是一个非常有个性的人，且文思过人，善讲《金刚经》，且写有《青龙疏钞》这样的禅学体悟著作。他有点像是金庸武侠小说里的那些超级大侠，自认为已经修炼成了绝世奇功，身边无人比试，就想要走走江湖，来找高手论剑比试一番，见个高低。来到龙潭后，经崇信禅师点拨后才真正悟道，明白佛性广大，把自己呕心沥血的《青龙疏钞》付之一炬，说："穷诸玄辩，若一毫置于太虚。竭世枢机,似一滴投于巨壑。"

德山去见沩山,还是有着比试禅法的想法。但沩山灵祐也不是等闲之人,两人都已是得道的高僧,此时正是"作家相见",高手过招。比试之下,结果却是两人互有胜负。难怪雪窦禅师颂曰:"雪上加霜!"

宣鉴的禅法已经成熟了。他在离开沩山之后,并没有立即去"孤峰顶上盘草结庵",而是在澧阳一住就是三十年。后来他是在当地薛太守的坚请之下,才到德山住持古德禅院。

如此,按照禅门的丛林习惯,宣鉴禅师就成为了"德山宣鉴"或"德山和尚"。

"德山棒,临济喝"是禅宗丛林里接引学人的重要方法,影响至今。

呵佛骂祖 释普济

（德山）上堂："我先祖①见处即不然，这里无祖无佛。达摩是老臊胡②，释迦老子是干屎橛③，文殊普贤④是担屎汉⑤，等觉妙觉⑥是破执凡夫⑦，菩提涅槃⑧是系驴橛⑨，十二分教⑩是鬼神簿⑪、拭疮疣纸⑫，四果三贤⑬、初心十地⑭是守古冢鬼⑮，自救不了。"

《五灯会元》卷七

【注释】

①先祖：前辈祖师。

②老臊胡：指汉人之外多须髯的胡人。

③干屎橛：为禅林用语。原指拭净人粪之橛（即厕筹），佛家比喻至秽至贱之物。临济宗为打破凡夫之执情，并使其开悟，对提问"佛者是何物"者，每答以"干屎橛"。盖屎橛原系擦拭不净之物，非不净则不用之，临济宗特提此最接近世人之物，在于以此打破学人之执着。

④文殊普贤：指大乘佛教传说中的两大菩萨文殊与普贤。文殊师利亦称妙吉祥，佛教四大菩萨之一，释迦牟尼佛的左胁侍，代表聪明智慧。因德才超群，居菩萨之首，故称法王子。普贤，大乘佛教的四大菩萨之一，象征理德、行德，为释迦牟尼佛的右胁侍。

⑤担屎汉：指从事担粪清洁等低贱工作的社会最底层之人。

⑥等觉妙觉：指修行的两种境界。等觉，又称作遍觉，是佛教中觉的三种境界之一，指不仅自觉（自己觉悟），而且能平等普遍地觉他（让他人觉悟）。妙觉，指觉行圆满之究竟佛果，故亦为佛果之别称，又称妙觉地。为究极理想境地之表现，系由等觉进一步的境界。

⑦破执凡夫：指虽然破除了执着之心，但也还是凡夫俗子一个。

⑧菩提涅槃：指佛教僧人修行中达到的觉悟程度。菩提，意思是觉悟、智慧，用以指人忽如睡醒，豁然开悟，突入彻悟途径，顿悟真理，达到超凡脱俗的境界。涅槃意思为圆寂、灭度、寂灭、无为、解脱、自在、安乐、不生不灭等。佛教教义认为涅槃是将世间所有一切法都灭尽而圆满寂静的状态，所以涅槃中永远没有生命的种种烦恼、痛苦，从此不再有下一世的六道轮回之苦。但在佛门中，涅槃有时也指僧人的死亡。

⑨系驴橛：系驴子的木桩。

⑩十二分教：又称十二分圣教、十二部经。是释迦牟尼佛所说的一切言教，依其内容和形式可分为十二类：契经、祇夜、记别、讽颂、自说、因缘、譬喻、本事、本生、方广、未曾有法、论议。

⑪鬼神簿：迷信传说中记录鬼神名号、功罪及奖罚的簿册。

⑫拭疮疣纸：指清理擦拭疮疣病患处的肮脏不洁之物。

⑬四果三贤：四果指声闻乘的四种果位，即须陀洹果、斯陀含果、阿那含果、阿罗汉果。三贤，指禅门中的菩提达摩、宝志禅师和傅大士。

⑭初心十地：指十种菩萨的果位。

⑮守古冢鬼：迷信的说法，喻指执迷一处、不肯离开原地的鬼魂。

【赏读】

德山宣鉴的"呵佛骂祖"，如果单从表面的语言形式和动作上来看，似乎很酷烈甚至粗野，但从动机上说，却是"老婆心切"，只为学人能够破篱而出。从效用上讲，也是成就显著的。就初心而言，他要人"破除迷信，打倒权威偶像"，并对烦琐的外在的各种形式进行"去繁就简"的革命。所以，人们从表面的语言和现象，往往认为临济义玄、德山宣鉴等是"佛教的叛逆"，但却没有洞悉他们的良苦用心。

在中国，无论是现代还是古代，平庸都是一个不能克服的大众化现象，无论世俗社会中人还是佛门中人，概莫能外。所以，禅宗的一些大师级人物，就出来打击这种平庸。他们用的方式，也就不同寻常。因为寻常的方式，是不能令平庸有所转变的，所以就必须采取异常的，酷烈的方式才能做到。

我们看到了德山宣鉴的酷烈。他将包括"释迦老子""达摩"在内的权威偶像、祖师、菩萨，以及各种形式的教条形式，统统骂了个遍，好不痛快。他还骂遍诸方宗师并痛斥平庸学人："说言有佛有法，有三界可出者，皆是野狐精魅。""瞎秃奴，群羊僧！颠却他人，入地狱。"德山宣鉴就是用这些激烈的言辞去做打倒偶像权威的事情的。这比丹霞天然的火烧木佛更进了一步。他的真正用心是什么呢？和丹霞天然烧的是木头佛一样，他并不是真的否定佛祖及诸方宗师，而是教学僧破斥一切经教名相，真正做到心无挂碍，达到"无心"的境界。所谓破山中贼易，破心中贼难。德山宣鉴正是用"呵佛骂祖"这样的极端方法，要人破掉心中的那个贼。

在《续传灯录》中有首诗偈道："茫茫尽是觅佛汉，举世难尽闲道人。棒喝交驰成药忌，了忘药忌未天真。"这当然是宋代禅僧所撰，就是将"棒喝"和"斥骂"作为治疗烦琐平庸的良药来肯定的。

禅宗在中国，虽然起自南北朝时期，但真正发展起来，成为一个特色鲜明的中国佛教流派，则是在唐代。到了宋代，进行了整理和完善。各种的禅门灯录，我们今天所看到的，基本上是在宋代完成的，譬如《碧岩录》《五灯会元》等。

禅宗越向前发展，就越脱离了印度的传统，以至完全中国化，有的学者甚直就说，禅宗是中国人的创造。话虽说得过分了点，却也不无道理。

总而言之，德山宣鉴也好，临济义玄也好，丹霞天然也好，以及后来许许多多的大德禅师，他们看似语行乖怪，但却都是旨在让学人破除心中的藩篱，荡涤俗尘，发现自性真佛，成为一个真正觉醒了的人——这就已经是佛了。

逢着便杀 释慧然

道流①，尔欲得如法见解，但莫受人惑。向里向外，逢着便杀。逢佛杀佛，逢祖②杀祖，逢罗汉杀罗汉，逢父母杀父母，逢亲眷杀亲眷，始得解脱③。不与物拘④，透脱自在。

《临济录》

【注释】

①道流：此处指修道（亦即修佛学禅）之人。

②祖：指禅门祖师。

③解脱：梵语《涅槃经》云："夫涅槃者，名为解脱。"解脱的境界，有大乘与小乘之别。依小乘佛法而言，要证得初果、二果、三果、四果等果位，方称得上解脱，而以四果为小乘终极圆满之果地，必须断见思惑，出三界，得成阿罗汉果。依大乘而言，要证成初地以上，乃至佛的果位，皆为解脱的境界，每一个阶位解脱的境界渐次入深，而以佛的果位为大乘佛法终极之位，必须勤修六度万行，以中道实相义而正行，破无明惑，因而证成佛道。

④不与物拘：不为外在的东西所拘束。物，物质或事情。

【赏读】

佛门中虽然是慈悲为怀，和平为上，但却也处处透着杀机和杀气。不过，这个杀机和杀气，只是一种概念的借用而已，与俗世社会的所谓"杀",并非一回事情。但,虽然所"杀"者不同,但在性质上的定义,却也并无区别。既然是"杀",就没有什么情面可讲了,消灭才是最后的目的。这到底是一个什么情况呢?看一看临济义玄的弟子释慧然记录在《临济录》中的这些话语,临济宗的这位创始人,果然是杀气腾腾的啊。他要求那些想要取得"如法见解"的学人禅僧,"向里向外,逢着便杀",无论佛祖还是历代祖师,也不管什么罗汉、菩萨,甚至是父母、亲眷,只要遇着,就一个字:杀。不杀他们,你就休想活命。他说唯有如此,"始得解脱"。

后来,人们提炼出一句话语,叫作"杀活同时",也就是这层意思。

这临济义玄,可谓胆大。不仅包天,而且覆地。手中刀剑挥舞,连眼睛都不眨一下。果真是个英雄。难怪在日本的禅宗那里,将他排在释迦牟尼和菩提达摩之后,坐第三把交椅。

不过,称赞归称赞,如果读者不知其中究竟滋味,不但不能受补益心,而且如服毒药。即便不一命呜呼,也足以让你内伤致残。

我为何如此说?只是因为,你只要心中还是放不下对那些权威、偶像的崇拜,不转换一下眼光,看看那些所谓的伟人、亲眷,都是些什么真实的货色?他们,都不过是一群贼吗?不具如此眼光,你就不能理会这临济义玄的勇气和道理。

他杀的没有一个好人,他杀的全都是贼。

而这些贼,就是你心目中的所谓伟人、大人或亲人,都是你前行路上的绊脚石。

佛法无用功处 释慧然

道流,佛法①无用功处,只是平常无事。屙屎送尿,着衣吃饭,困来即卧。愚人②笑我,智③乃知焉。古人云:向外作功夫,总是痴顽汉。

《临济录》

【注释】

①佛法:佛所说之教法,包括各种教义及教义所表达之佛教思想和理论。《成实论》卷一举出六种佛法之同义语,称为"佛法六名",即:(一)善说,如实而说。(二)现报,使人于现世得果报。(三)无时,不待星宿吉凶而随时得修道。(四)能将,以正行教化众生至菩提。(五)来尝,应当自身证悟。(六)智者自知,智慧者自能信解。

又佛法为佛教导众生之教法,亦即出世间之法。对此,世间国王统治人民所定之国法,则称为"王法"或"国法"。印度及中日佛教史中,有关佛法与王法之关系,因时因地而异,有以王法国法而护持佛法、推动佛法者,如阿育王、迦腻色迦王、梁武帝等。有以王法而抗衡佛法乃至摧毁佛法者,如我国历史上著名的"三武一宗"掀起的佛教法难。

此外,佛所得之法,即缘起之道理及法界之真理等。又佛所知之法,即一切法;以及佛所具足之种种功德,均称佛法。

②愚人:指愚昧的人,浅陋的人。语出《诗·小雅·鸿雁》:

"维彼愚人，谓我宣骄。"

③智：指有智慧的人。

【赏读】

明代心学大师、诗人王阳明有诗道："饥来吃饭倦来眠，只此修行玄更玄。说与世人浑不信，却从身外觅神仙。"王阳明这首小诗，道出了修行当于日常生活中无心而为，顺应自然，不必于日用平常之外，别有用功，别有修行。世人不懂得这种不用功的用功、不修之修的奥妙，一味地向身外去觅去求，终属徒劳。

另一位明代诗人王象坤也有一诗："问予何事容颜好，曾受高人秘法传。打叠身心无一事，饥来吃饭倦来眠。"王象坤此诗也说，养生延年，无非就是身心无事，饥餐倦眠而已。

无论王阳明还是王象坤，"饥来吃饭倦来眠"这样的道理，也不是他们的发明，而是来源于佛教的禅宗公案。最早见于北宗七祖普寂的弟子懒瓒和尚的《乐道歌》，其歌中有"饥来即吃饭，困来即卧眠"的句子。

可见，临济义玄所说的"着衣吃饭，困来即卧"，也并非他自己的发明，而是"古人"相传下来的思想。临济义玄是黄檗希运的弟子、临济宗的开山祖师。他所说的古人便是懒瓒和尚了。至于王阳明等，都是向前人那里借用来的句子。

修行在于平常无事，顺任自然，不刻意用功。一切成就，也不过就是水到渠成而已。大道至简，平常心是道。所谓佛法，就在这平常日用之中，也只有在日常行事中无心而为，方可窥见真理之奥妙、人生之真谛。

一棒打杀　释守坚①

世尊初生下,一手指天,一手指地。周行七步,目顾四方云:"天上天下,唯我独尊。"师②云:"我当时若见,一棒打杀与狗子吃却,贵图天下太平。"

《云门录》③

【注释】

①释守坚:宋代云门宗僧人,生卒年月及籍贯、生平不详。

②师:此处指云门文偃禅师(864~949),俗姓张,姑苏嘉兴(今浙江省嘉兴市)人,唐懿宗咸通五年(864)出生,是云门宗的创始人。

③《云门录》:三卷,宋释守坚编集。宋熙宁九年(1076)序刊。全称《云门匡真禅师广录》,又称《云门广录》,收在《大正藏》第四十七册。上卷为对机三百二十则、十二时歌、偈颂;中卷为室中语要一百八十五则,垂示代语二百九十则;下卷为勘辨一百六十五则,游方遗录三十一则,遗表、遗诫、行录、请疏等。

【赏读】

据一些大乘教的佛经所载,释迦牟尼佛于公元前623年,降生在古印度北部迦毗罗卫国(今尼泊尔境内),为当时国王净饭王的太子,刚出生就能不扶而行,向东南西北各走七步并说:"天上地下,唯我独尊。"对于这样一个不能证实的传说,后世笃信者有之,不信者亦有之,从而成为佛门一桩悬而难决,但几千年来却又一直未展开过辩论的悬疑大公案。但是,这个悬疑大公案到了中国禅宗云门宗开山祖师文偃禅师这里,却发生了逆转。他的一句"我当时若见,一棒打杀与狗子吃却,贵图天下太平"的狠话,惊呆也惊醒了诸多禅门中痴迷经卷、不辨真伪的后世学人。对此,琅邪慧觉禅师就不以为忤,反而称赞道:"将此身心奉尘刹,是则名为报佛恩。"疏山如本禅师也写诗道:"才出胞胎便逸群,周行七步更称尊。当时若见云门老(文偃),不至如今累子孙。"成佛作祖,是每个佛门弟子生生世世所追求的目标。但在禅门大师的眼中,这恰恰是最大的妄念,是修行中最顽固、最隐蔽的障碍。好在文偃禅师眼明手快,为后学子孙道破了这一病障。只有"打杀"了那个障道的"佛",才能使人心中的"自我真佛"脱颖而出。继后,禅门计有三十多首禅诗参与这一论说,大有向佛教其他各宗(门派)挑战之势。

纵观历史,唯禅宗独出心境,以"大逆不道"的理解和宣传破人迷障。其他诸门派,譬如信徒最多、底层势力强大的净土宗,虽然倾向于坚信"佛是无尚至尊"的神话,但又无充分理论和能力对禅宗的"大逆不道"观点加以反驳。其实,这也难怪,自唐以来,诗人与禅师,士大夫与大德高僧交际频繁,互相影响充实,唱和游走,最著名的学士文人如王维、白居易、孟浩然、柳宗元、苏轼、王安石等,多以禅入诗。而禅僧王梵志、寒山、拾得、贯休、齐己等则多以诗言禅。所以,禅宗具有过人的理论思维、逻辑渗透与表达能力,也最受士大夫统治阶层所崇拜敬仰,特别是知识阶层的自觉介入,更是其他佛教门派所不能及的。所以,时至今日,禅宗一门兴盛的局面,依然像千百年前那样没有改变。

闲名在世 _{释普济}

师①将圆寂,谓众曰:"吾有闲名②在世,谁为吾除得?"众皆无对。时沙弥出曰:"请和尚法号③?"师曰:"吾闲名已谢④。"

《五灯会元》卷十三

【注释】

①师:此处指洞山良价禅师(807~869),唐代高僧,中国佛教禅宗五家之一曹洞宗开山之祖。越州诸暨(今属浙江省)人,俗姓俞,法名良价,号洞山,为药山惟俨(751~834)之法孙,云岩昙晟(782~841)之法嗣。他与弟子曹山本寂(840~901)共同创立了与临济宗并立的禅宗影响最为广泛的两大宗派之一的曹洞宗。

唐宣宗大中(847~859)末,良价禅师在新丰山(今江西省宜丰县太平乡境内)建洞山寺,接引后学,弘扬大道,后世称其为洞山良价。良价毕生精研佛学,造诣极深,他首倡五位君臣之说,以正、偏、兼三者,配以君、臣之位,借以分析佛教真如和世界万有之关系。其著作有《宝镜三昧歌》。圆寂后,唐懿宗授他以"悟本禅师"的谥号,并敕建"慧觉宝塔"。

②闲名:非实用之名或非实至之名。

③法号:即法名。指皈依佛教者由剃度师所授予的名号。在汉传佛教里面,是出家剃度仪式举行过程中或之后,或在家众皈依三宝、受戒时,或生前未皈依、受戒的在家人殁后于葬仪时,由其皈

依师父授予的名号。这样的名号，一般借鉴孔孟等世家望族的习惯，第一字按照事先设定的谱系排列，不能错乱。而其姓氏，则统一取一"释"字，以表明是释迦牟尼的门徒后人，而非其他宗教。

在印度，四姓出家，剃发着三衣，便为释子、沙门。但其仍沿用其在家时的俗名，如舍利弗、目犍连、阿难、须菩提等，都没有被师父特别授予法名。但在中国、日本等地的汉传佛教圈内，加入教团成为僧徒后，便须斩断前缘，舍尘入空，所以要改换名姓，以示新生。

④谢：凋谢之意，指闲名已经除去。

【赏读】

这则公案，虽然还是"老僧常谈"式的关于"名利"的破解的问题。但不同的是，作为一代宗门祖师的洞山良价禅师，在临终之时以自身来说法，就显得不同一般。

闲名，也就是附着在自己肉身之上的虚名，是必须放下的东西。这看似简单易行的事情，在实践中又有几个人真正能够做到呢？这个无论是世俗中人还是佛禅圈中，概莫能外。

从主观上看，一个人的名号，包含着几乎此一生命个体全部的意义和价值。譬如，我们称颂"南无佛祖释迦牟尼佛"时，就是在称颂他的名号。再譬如，我们提到李白、杜甫，就会想到他们的生平故事以及他们的传世大作。仿佛，他们的名号，就代表了他们一生的所有。

然而，这名号却是假的。在你未生之前没有这个名号，而你在世之时这个名号也并不就等于你本人。你叫张三，但不是也有很多其他与你毫不相干的人，也叫张三吗？这"张三"二字，也就只能及此而不能及彼。还有许多东西，也不是一个名号就能代表得了的。更何况，这样的一个粘贴符号，代表的也往往是一种假象。所以，洞山良价禅师将之称为"闲名",其实也就是虚名、浮名、假名。无论你这个标签符号是"著名"或是"无名",是"恶名"或是"美名",都无法与真实的自身画上等号。

有人认为"名誉是第二生命",这从对一个人的客观影响而言,或许是对的,但若就一个人的主观价值而言,那又未必是真实情况了。

洞山良价禅师活着的时候,他的法名叫作良价。这个名字,他活着的时候被人叫着。当他死后,依然会被人叫着。但他知道,其实这个名字已经离他远去。他之所以在临终之时问身边弟子,谁能除去他的这个"闲名",就是想要在最后再勘验一下他身边的弟子们。但,众皆默然,不知何意。唯有一位沙弥领悟,让他终于可以安然圆寂。

可见,在禅门中,按资排辈是最没有意义的。沦为形式化的资历证书譬如戒牒等东西,也是没有用处的。那些资历很深,有戒牒证书的僧人,不一定就有悟。而资历浅,年龄小,连比丘都不算的沙弥或居士,则可能是上根利智者。

洞山良价禅师在临终之际,还不忘叮嘱、接引后人,让他们莫要贪闲名,更莫执闲名,真是一代祖师的良苦用心啊!

佛是甚么义 释普济

一日,师①问紫璘供奉②:"佛是甚么义?"曰:"是觉义③。"师曰:"佛曾迷否?"曰:"不曾迷。"师曰:"用觉作么?"奉无对。

《五灯会元》卷二

【注释】

①师:指南阳慧忠国师。

②供奉:唐代官职名。有侍御史内供奉、翰林供奉等,为皇帝专备应制待诏之官员。

③觉义:觉悟之义。

【赏读】

南阳慧忠禅师,据说有两位师父,分别是惠能与神秀,也就是说,在他那里,并没有什么"北宗"或"南宗"的分别,而只有佛与禅。若从获得皇家尊荣的角度看,在历代僧人中,即便是神秀及他的嗣法弟子普寂,也难与之比肩。他是唐王朝三代皇帝的"国师"。他的很多流行于世的公案故事,就是在皇宫中发生的。

我们现在看到的这则"佛是甚么义"的公案,就是他在皇帝身边,与一位被称作"紫璘供奉"的朝中官员的对话。我之所以选择这则公案进行解读,就是觉得,它在破除世人的权威崇拜和迷信方面，意义很大。

公案很简单，只有三句问答的对话。从背景资料上可以知道，那位"紫璘供奉"，也非等闲之辈，他是一位对佛教经论很有研究的人，因为他还注释过佛经。不然，皇帝也不会让他陪在慧忠国师身边。但就是这样一位对佛教经典有所研究的人，竟然也仅仅从表层的字面上来理解"佛"。而当慧忠和尚问他"佛曾迷否"时，竟然答曰"不曾迷"。他这个"正常人的思维"，却正中了慧忠和尚为他设下的语言逻辑的陷阱："用觉作么？"既然你说佛是不曾迷惑的人，那么佛怎么还需要觉悟呢？这下，这位"紫璘供奉"便答不上来了。由此可见，慧忠能够成为三代皇帝的国师，其机巧善辩的本领绝对是一流的。当然，他的机巧善辩，也不是仅仅有嘴皮子上的功夫，而是有几十年的山居修行和理论修养作为基础的。

佛不是从不会犯错，一生下来就一贯正确，一切道理都明白的伟人。他与你我一样，是经由了不断修学和思考修行，经过了艰苦的探索之后，才由凡入圣的，是有着一个由迷惑而开悟之过程的。所以，这则公案，其主旨还是在教人不要迷信权威，不要迷信偶像，不要只看表面现象，要能够探源达本，还要有一点平常心和一颗平等心。

吃茶去　瞿汝稷

师①问新到②："曾到此间么？"曰："曾到。"师曰："吃茶去。"又问僧，僧曰："不曾到。"师曰："吃茶去。"后院主③问曰："为什么曾到也云吃茶去，不曾到也云吃茶去？"师召院主，主应诺。师曰："吃茶去。"

《指月录》卷十一

【注释】

①师：此处指赵州从谂禅师。

②新到：指新到的学僧。

③院主：实际负责寺院管理或拥有寺院所有权的僧人，就如现在佛教寺院中的监院，也称"当家师"。

【赏读】

赵州和尚的一句"吃茶去"，穿越千年的历史，直到今日，非但没有减弱，而且随着时日的蔓延而更加响亮起来。只不过，在这响亮中，不可思议却又与时俱进地渗入了金钱叮当的交响。

旅居成都的几年，很多的"茶聚"就都是在寺院之内进行的。记得当时比较常去的有文殊院、大慈寺。昭觉寺也去过几次，但因其位在城郊，去得就相对少些。在成都，不但是文人聚会往往无茶不欢地成为"茶聚"，即便是商业人士的聚会，也都是茶为先锋。

至于酒，这在北方不可或缺的角色，在这个西南都市中，反而成为了可有可无的配角。

更无一例外的是，凡是寺院里面的茶饮经营处，都会悬上一面"禅茶一味"的茶旗或牌匾，以示与市井中同业的不同处。这里的话语，也与市井中有别，"吃茶"便是有别于"喝茶"或"品茶"的地方之一。虽然行为动作与实际内容并无差异，但一个"吃茶"的"吃"字，便似乎有了些许的禅机和佛意。当然，这就与赵州从谂老和尚联系了起来。赵州和尚是地道的北方人。他生在山东，虽然在南方的一些地区游走行脚了几十年，但最后的驻锡弘法之地，还是在黄河之北的北方。现在，名闻遐迩的河北省赵县柏林禅寺，就是他当年弘法四十年的赵州观音院。而"禅茶一味"这个口号的提出，似乎是将赵州和尚的"吃茶去"的口头禅理论化也普及化了。当然，也是世俗化甚至商业化了的一个发展。我在国内各地旅居的日子里，与文朋诗友"茶聚"的事情也有很多，而大凡高档一点的茶楼或茶室，"禅茶一味"这道牌子，就基本是不会缺少的。更有的为了彰显禅家色调，还会将这则赵州和尚"吃茶去"的公案，很书法艺术地装裱了悬挂在显眼处。但是，无论茶楼老板、服务生或者茶客，真能领略这"吃茶去"三字寓意的，又有几人在呢？

那么，赵州和尚为什么要对不同的求学问询者，全都用一句"吃茶去"来打发呢？难道真的是因为了"禅茶一味"？我的答案是：也对，也不对。对，是因为赵州和尚身为禅师，言语的对象也都是禅道中人，场所又在禅院，所以任何的话语和行动，也就都自然地沾染上了禅的信息色彩。不对，是因为，赵州这"吃茶去"三个字，也可以改换成其他的任何一句话，譬如"洗钵盂去"或"凉快去"或"睡觉去"。为什么呢？因为，这句话本身并没有什么具体意义，其全部的含义，都在语言外。其实，这"吃茶去"的话语，很有点中药汤剂中"药引子"的作用。这个药引子本身不一定有药效能治病，但没有它，药力就不能发挥，也就不能取得治病的理想效果。赵州和尚的"吃茶去"，就是给了那些迷惑的学僧一个"疗病"的药引子，让他们自己去反思、诊断、发现自己的病症，然后自己去找到处方医治。所以，有用与无用，对与不对，不在"药引子"是什么，而在于其在病者身上是否起作用。这个，也可以用佛家的语言，叫作契机或不契机。

"吃茶去"三个字，一个"吃"字，让我们知道，这是古人的方法。因为他们不但吃茶，还吃酒，吃醋，吃烟。而一个"茶"字，又消弭了古今的界限。因为，茶无古今，只有面对茶的人分了古今。

狗子佛性　瞿汝稷

问："狗子①还有佛性②也无?"师③曰："无。"曰："上至诸佛④，下至蝼蚁⑤，皆有佛性，狗子为甚么却无?"师曰："为伊⑥有业识⑦在。"

《指月录》卷十一

【注释】

①狗子：一些地方方言中对狗的叫法。

②佛性：佛指觉悟；性，意为不变。大乘佛教的一些经典认为一切众生皆有佛性，即众生都有觉悟成佛的可能性。"佛性"一词在不同的情况下有不同的内涵。依《涅槃经》一般说有三因佛性：其一，正因佛性，即中道实相、真如法性的理性。其二，了因佛性，即照了二谛的般若智慧。其三，缘因佛性，是配合了因智慧开发正因的六度万行的功德行愿。佛性是因，成佛是果，要圆满具备此三因方能成佛。又有三种佛性说：其一，自性住佛性，真如之理，自性常住，无有改变，一切众生皆具此理。其二，引出佛性，依禅定智慧修行之力，本有佛性逐渐显现而引出者。其三，至得果佛性，修因圆满，至成佛时，本有的理体佛性彻底显现。

③师：此处指赵州从谂禅师。

④诸佛：即过去、现在、未来等三世诸佛。又作一切诸佛、十方佛。诸经论所列举之名称、数目不一。《长阿含经》卷一、《增一阿含经》卷四十五、《杂阿含经》卷三十四等，列举过去七佛之名。

大乘认为以空间而言，有十方佛之存在；以时间而言，有三世佛之普现。然小乘教义则不认同十方之说，而仅论及三世佛，且谓一世仅有一佛。

⑤蝼蚁：即蝼蛄和蚂蚁，比喻力量弱小、无足轻重的小动物。

⑥伊：在文言文中与"彼"意同，可替指他、她、它。

⑦业识：业，佛教理论认为一个人的言语、行为，甚至是内心意识，都会成为其之后命运的决定性因素。这个因素，就叫作业或业力。识，是知道、认得、能辨别之意。佛教认为一个人在造业之后，必然会有相应的结果伴随，这就是业识的作用。

【赏读】

　　中国古代的禅宗大师们，在日常的言语行为中，往往会表现得令世人诧异莫名，甚至惊骇。譬如，假如有人问在猪狗等牲畜身上是否会有孔孟等圣贤大德的人性，那一定会被认为是对这些圣贤的侮辱和不敬。禅僧问赵州和尚，在狗的身上是否有佛性？赵州和尚只是说无，并不以为逆。这是禅宗反对偶像权威的基本思想所决定的。提问者也非泛泛之辈，而是深通佛理，就反问说，按照佛经中的教导："上至诸佛，下至蝼蚁，皆有佛性，狗子为甚么却无？"他说的不可谓无理，因为这是有所依凭的。在《大法鼓经》中有云："一切众生悉有佛性。无量相好庄严照明。以彼性故。一切众生得般涅槃。"既然"一切众生悉有佛性"，狗子是众生中的一个，自然也就有佛性了啊。而且不但狗子，猪、牛、羊、鸡、鸭、虫、鱼，也都是有佛性的。但是，赵州和尚却并不理会这佛经的账，依然坚持"狗子无佛性"，他的道理是"为伊有业识在"。这个道理，也可以通用到包括人在内的所有众生身上。按照一般的道理，应该是"人人皆具佛性"的，但也可能因为"有业识在"，而没有了佛性。

　　其实，这段公案，之所以千古驰名，不断地被后人拈提参究，就在于它的义理深奥和复杂。提问者深通佛理，一开始就为赵州和尚挖了个陷阱。如果赵州和尚按照常理去回答，就刚好掉了进去。

对于这段公案，如果仅仅从上面的推论来看，其实就误会了赵州老和尚的真实义。他实则是为了破除提问者关于佛性有无的分别心。无论狗子之类也好，人类也罢，只要有佛性，就有成佛的可能性。但最后能够成佛的，又有几个？这就是问题的所在：因为"有业识在"。如果没有"业识在"的话，那无论人也好，狗子也好，老鼠也好，虫蛇也好，就都能成佛了。但，撇开狗子和老鼠等低等动物不论，即便是人，甚至是禅门的修行者，哪个又没有业识在呢？如果没有，这个人就不再是人，而是佛了。所以，最后的结果，就是无论人还是其他众生，不是有没有佛性的问题，而是有没有业识的问题。

这是一个牵扯到很多佛教根本理论方面的问题，但赵州和尚没有去咬文嚼字、概念套概念地解释，那不是禅门的风格。他轻轻提起，悄然放下，可谓是一个"四两拨千斤"的高手。也只有对于佛教义理不但深悟，而且能够化为身心一体的大善知识，方能如此圆满透彻地导引学人。

庭前柏树子 瞿汝稷

时有僧问:"如何是祖师①西来意?"师②曰:"庭前柏树子③。"曰:"和尚莫将境④示人。"师曰:"我不将境示人。"曰:"如何是祖师西来意?"师曰:"庭前柏树子。"

《指月录》卷十一

【注释】

① 祖师:指传说中的中国禅宗初祖菩提达摩。

② 师:指赵州从谂禅师。

③ 柏树子:即柏树所结的果实籽粒。

④ 境:在佛教语境中,专指色相形表。在文学方面,则指美学旨趣之境界。

【赏读】

读这则公案,以及与此相似的公案,都会遇到一个问题:问者为什么要这么问?有何道理?答者又为何如此答?意在何指?

"庭前柏树子"或"祖师西来意"这个僧问赵州从谂的公案,是自唐至今被历代学人禅者参究最多的一个。但,问题依然是问题,答案依然是东说东山云,西说西山雨,没有终究。

这可谓是禅门里面一个老掉牙的老问题了。同样的问题还有很多,诸如"如何是第一义","如何是法身","如何是佛",等等。

其实，这些问题，说穿了，都是伪问题。因为这些所谓的问题，都是不能回答，也没法回答的。正因为一答就错，所以历代宗门大师们，就只能问东答西，腾挪闪跃，不能着地。于是就有了诸如这"庭前柏树子""麻三斤"之类的奇葩答案。这类答案，正因为不着边际，所以便也没有所谓的对错可挑剔。你若是个有悟性的，知道了其中奥妙，就算悟了。若还是抱了葫芦不开瓢，死追硬缠，要么招一顿老棒子，要么被呵斥出门，要么如撞石头，没有个声响回应。

有人曾粗略统计过，单《祖堂集》中涉及"西来意"的公案就有30余则。众公案中，诸学僧起问固然各有因缘，禅师们的对答也千姿百态，但其中多数禅师都是拒绝用语言来回答的。像黄檗希运举杖便打；石头希迁叫问的人"问取露柱去"，而径山和尚则是"待我死，即向汝道"。还有石霜性空和尚，更是对提问者说："如人在百丈井中，不假寸绳出得。此人，我则为答西来意。"或者像岩头和尚那样"移取庐山来，向你道"。

总之，这"祖师西来意"之类的问题，好像学僧不该问，大德和尚也不该故弄玄虚地回答。实际的情况，却又不然。因为，确实也是有学僧当下开悟的，关键就在于这些学僧是否洞破了其中的奥妙。

而且，这些祖师大德的奇葩"回答"，从佛理禅意上说，也都在"情理之中"，并不难理解。中国禅开宗明义，就宣布了"以心传心，见性成佛。不立文字，教外别传"的宗旨。自己悟了便得，不悟纵使问天问地，也没有用处。祖师们的"不答而答"便是"随机设教"。至于"随机设教"里面的这个"机"，更是奥妙无穷，难言难说，全在一个心悟，别无他途可觅。

而赵州从谂禅师这则"庭前柏树子"的公案，是历代禅宗丛林中被拈提最多的，名气很大，题咏也最多。表面上理解，是问达摩祖师西来的意旨如何，实则是问如何成佛作祖。赵州和尚的答语，很有点游戏的成分。学僧问两次,他就答两次。问的同一个问题,他答的也是同一句话。但这样带点戏耍的回答,却又是在强调和肯定。尽管这答案与问题之间,牛唇对不上马嘴,如蚊子去叮铁牛,无下口处。所以,此后参此公案者,就分成了"有义语"或"无义语"两派。所谓的"有义语",就是指有意义。同理,"无义语"就是没有意义了。汾阳善昭禅师是"有义语"派,其诗偈道:"庭前柏树地中生,不假牛犁岭上耕。正示西来千种路,郁密稠林是眼睛。"而泐潭灵澈禅师是"无义语"派的,其诗偈道:"因僧问我西来意,我话居山七八年。草履只裁三个耳,麻衣曾补两番肩。东庵每见西庵雪,下涧常流上涧泉。半夜白云消散后,一轮明月到窗前。"还有的禅师认为后世的禅人器根钝拙,不足以参此公案。如佛鉴禅师就有偈云:"万里长空雨霁时,一轮明月映清辉。浮云掩断千人目,得见嫦娥面者稀。一兔横身当古道,苍鹰才见便生擒。后来猎犬无灵性,空向枯桩旧处寻。"也就是说,此公案如白兔当古道,已被当时眼利如鹰的禅人捕捉了去。后来的学人,都是灵性不够的猎犬,只在这一公案上捕风捉影,闻其余味,当然是一无所得了。

一切声是佛声 圜悟克勤

僧问投子①:"一切声是佛声,是否?"投子云:"是。"僧云:"和尚莫屎②沸碗鸣声?"投子便打。又问:"粗言及细语,皆归第一义③,是否?"投子云:"是。"僧云:"唤和尚作一头驴得么?"投子便打。

《碧岩录》卷八

【注释】

①投子:即大同禅师(819~914),俗姓刘,法名大同,唐末舒州(今安徽省安庆市)人。晚年开辟投子山投子寺为道场,故又号"投子和尚"。投子山位于安徽桐城北约二公里处,亦名凤凰山。山中有寺,名投子寺。

②屎:同"豚",臀也。

③第一义:佛教称彻底圆满的真理为"第一义"。《楞伽经》卷二有云:"第一义者,圣智自觉所得,非言说妄想觉境界。"隋慧远《大乘义章》卷一云:"第一义者,亦名真谛,第一是其显圣之目,所以名义。"唐诗中屡见此词,如李颀《题神力师院》诗:"每闻第一义,心净琉璃光。"后多用"第一义"指某家某派最高最深之理义。

【赏读】

在这则公案里,学僧凭借所得佛理禅法,而有意来诘难挑衅禅门高僧，使其进入自己扎下的篱笆套子里面。不过，这样说虽然显得刻薄了些，却又是宗门的一种惯例风气，是互相砥砺悟道的方式途径。

只是，就这则公案而言，虽说"一切声是佛声"这话无错，不违佛理，但将尿壶中的小便声来作佛声，也依然不能得到大德禅师的赞同。又，虽说佛家无粗言与细语的分别，却也不该唤和尚为驴子，这毕竟是带有侮辱性质的言语。作为后生，尽管道理不差，却也是不敬了些。也正因为这个，投子和尚就不与他搭话，只是用棍棒去招呼。宋代的雪窦禅师，读此公案，就写了个颂曰：

投子投子，机轮无阻。
放一得二，同彼同此。
可怜无限弄潮人，毕竟还落潮中死。
忽然活，百川倒流闹聒聒。

就是说，投子和尚虽然表面上似乎让那僧占了点便宜，但却并不入套自缚。那个"无限弄潮人"，虽然自认为聪明机巧，但也可能聪明反被聪明误，最后还是要落得个"潮中死"的结果。关键是看你能否将佛理禅法用到活处，用得恰当。差之毫厘，失之千里。聪明固然重要，但老实更加要紧。